魂の声

英詩を楽しむ

亀井俊介

Shunsuke Kamei

Voices of Soul

: Enjoyable Readings of Poetry in English

南雲堂

魂 の 声

英詩を楽しむ

Download Audio

音声ファイル
無料 DL
のご案内

この本に収録されている英詩の朗読音声（レイチェル・ウォルザー）を無料で視聴（ストリーミング）・ダウンロードできます。
以下のサイトにアクセスしてテキスト番号で検索してください。

https://nanun-do.com　テキスト番号［ **098012** ］

※ 無線 LAN（WiFi）に接続してのご利用を推奨いたします。

※ 音声ダウンロードは Zip ファイルでの提供になります。
お使いの機器によっては別途ソフトウェア（アプリケーション）の導入が必要となります。

「魂の声—英詩を楽しむ」の音声ダウンロードページは
左記のQRからもご利用になれます。

Read by Rachel Walzer

魂の声　英詩を楽しむ　目次

序

I

私はたぶん英詩（英語で書かれた詩）をたいそう愛して楽しんできた一人だと思います。日本語の詩の方がたいていは読みやすく、英詩は苦労して読むことが多いのですけれども、きちんと読んだ後は、その苦労がむしろ楽しみを増幅してくれるように思えるのです。

文学は言うまでもなく言葉の芸術ですが、詩は文学の根底であり、エッセンスだと思います。言葉をその根源から選び出し、しかもできる限り入念に構築し、最大の効果をねらって表現します。現在、私たちは普通、小説を文学の代表のように受け止めていますが、英文学について言えば小説 novel がはっきり形をなしたのは 18 世紀になってからでしょう。そして新興市民階層に entertainment を与える読物として発達してきました。が、詩 poetry の起こりはもっとずっと古く、はっきり文字に形を留めるものとしては、英文学史では、7 ～ 9 世紀頃に成立したとされる英雄叙事詩『ベーオウルフ』Beowulf あたりまでさかのぼるようです。古代ギリシャにまで視野を広げれば、やはり文学になって残っているものに限っても、紀元前 8 世紀頃から、感動や感情を効果的に表現する手段として詩があったようです。（ホメロスの 2 大叙事詩『イーリアス』と『オデュッセイア』が成立したのも、その頃らしい。）

豊かな韻律のある言葉を「作り出す」というのが poetry (poesie) の本来の意味で、それは竪琴などに合わせて朗誦されるのが普通でした。詩は、小説のように日常の言葉で語られるのではなく、もっと魂から直接的に出て来る言葉、あるいは日常を超えた言葉で、「うたわれる」のです。今はもう竪琴などの伴奏がつくことは普通はありませんし、口語的な言葉遣いにかえって新鮮味が出ることも多いです。が、今でも詩にはどこかに「うたう」精神がこもっていて、散文からはなかなか得られぬ味を醸し出していることが多いと思います。それで、苦労しても読むのです。

ひとことで言ってしまえば、詩は「魂の声」だと私は思います。ただそのあらわれ方はさまざまです。詩人が詩を作るのは、人に伝えたい、あるいは大勢の人の前で表現したい、感動とか、強い感情とかに駆られてのことでしょう。戦争の勝利とか敗北とか（そこから叙事詩が生まれます）、人の誕生とか死とか、親しみを感じる動植物とか風景とか、とりわけ男女間の恋愛とか（こうしたものから抒情詩が生まれます）、そういうさまざまな事象に人は心をふるわせ、あるいは魂を揺さぶられて、声を発するのです。もちろん、そういう感動や感情を他人にもらさず、自分の内にこめてしまう人もいます。しかし詩人とは sayer（言う人）だと、アメリカを代表する思想家のエマソンは言いました。感動や感情を他人と共有したいというのは人間の性《さが》で、そういう性《さが》の強いのが詩人かもしれません。

ではその「魂の声」を私たちはどう受け止めたらよいのか。私はやっぱり「魂」で受け止めたい。詩をもっぱら頭 mind で受け止め、その内容を理屈で解釈してみせるたぐいの読み方にも魅力はありますが、「魂の声」には知だけではなく情もこもっています。心 heart でそれを受け止めることも必要です。そういう知と情が一体となった人間の生 life のエッセンスが魂であって、魂で受け止める時、詩は初めてその生命を読者に伝えてくると思います。

なんだかエマソン的な哲学話になってきたので、この話はもう止めます。要するに詩をどのように読むか。私は自分の「生」を可能な限り開け放つ、つまり頭を使って仕入れたたぐいの知識などで身構えるのではなく、自分を最大限シンプルにして、素直に詩人の魂の声に耳を傾ける、つまり詩の言葉を読み解くことに自分のすべてを注ぎ、その言葉を味わう、そうすることによって詩の（あるいは詩人の）魂と自分の魂を呼応させる努力をしたい。そうすることが、詩を楽しむことだと思うのです。

英語の詩は、もちろん外国語ですから、日本語の詩よりも読み解くことが難しいでしょう。しかしそれだけ詩の言葉と取り組む度合いも強く、またそれだけ詩人の魂とこちらの魂を通わせる度合いが深まることが期待されます。英詩を読む楽しみは、その点だけからしても大きいように思います。それに、もちろん、英詩は日本の詩とはまた違う感動や感情を展開していますから、こちらの魂もまた違う呼応をすることになり、楽しみが広がるのです。

II

詩は「魂の声」だとか、詩を読むことは「魂の呼応」だとか言うと、何とまあ古くさい、19 世紀的だ、などと馬鹿にされかねません。「魂」なんて正体不明で、個人的なもので、とりとめがないとも貶《けな》されるでしょう。そこで私は、この本における私の立場を多少ともはっきりさせるために、それぞれ著者の立場を鮮明に出されている 2 冊の英詩案内書を取り上げ、私の考え方がそれらとどう違うかを述べてみたいと思います。お二人が英詩についてはっきりと自分の主張を出されていることに、嬉しくかつ有り難い思いを抱いてのことです。

1 冊は新倉俊一著『英詩の構造』（駿河台出版社、1971 年）という本です。著者はたぶん私より数年だけ年長の方ですが、早くからアメリカ詩研究家として令名高く、その方面の学界をリードされて来ました。この本は英米の詩を一種アンソロジー風に配列しながら、それを材料に英詩を読む基本の姿勢を説かれた教科書です。

著者は「はしがき」で、それまで日本にあった英詩の入門書を批判し、「従来のいわゆる『鑑賞』の弱点は方法論をもたないことです」と決めつけ、「私は読者になによりも『詩』（poetry）そのものの本質を把握していただきたい」と言います。そして本文に入ると、その冒頭で、「方法論」あるいは「『詩』そのものの本質」を把握する方法として、「作品の構造」を理解するという「知的な行為」の必要を説きます。作品を読んでその印象を語るたぐいの気まぐれな「鑑賞」は、「厳密な意味での『作品の批評』からほど遠いもの」であり、「作品の構造に即して語るのではなく、すべて自我というアプリオリな鏡に映った自己の姿をくりかえし語っているにすぎない」と言います。

詩を読んで、良いとか悪いとか、あるいは崇高だとか低俗だとかと、感動（印象）を述べるのはつまらぬことだ、詩を読むことは「知的な行為」であるべきだ、というのです。詩を読むことは、作者の魂に読者たるこちらの魂を呼応させることだ、という私の主張などは完全に否定されます。私は「知」とともに「情」を重んじる。が、どうやら「情」は駄目なものらしい。では、著者の重んじる「作品の構造」とは、具体的に何なのでしょうか。

著者は詩作品を内容の展開の仕方によって物語的、描写的、論理的、瞑想的の四つに分け、そのそれぞれを構成する要素によってさらにそれを分けて見せます。物語的な詩なら ballad（これはさらに folk ballad と literary ballad に分かれる）、pastoral（牧歌）、heroic（英雄詩）、epic（叙事詩）といったふうに分かれる。だがみな劇的な要素も含めており、完全に劇的な構成となると、dramatic poetry（劇詩）と dramatic monologue（劇的独白）がある、といった具合に詩を細かく分類分析していきます。その結果、詩の多様な局面を知り、また詩をめぐるおびただしい専門用語を学ぶことにもなります（dramatic monologue の延長線上で言えば、dramatized “I” とか mask とか）。そしてたとえばこんなふうに言われるのです —「Eliot の *The Waste Land* や Ezra Pound の *Cantos* の方法は、従来の叙述的な時間構造を廃して、もっぱら神話的な metamorphosis によるimage の断片と化しています。これらは現代における意欲的な長篇詩の試みとしては重要ですが、物語的な方法としての叙事詩としては破産しています。」

なるほど、作品の「構造」は分かったとします。が、構造を生み出した作者の魂は全く説かれていない。たとえば T. S. エリオットはどういう精神を持ち、どういう「生」をひっさげて彼の時代に対峙したか、というようなことは全く問題にされていません。それで *The Waste Land* の作品としての面白味（生きた味わい）はまったく伝わって来ない（ように私には思える）のです。

「構造」の分析も必要であることは言うまでもない。しかし詩の言葉は魂から出てくるものであり、魂に訴えようとして構築されているものだとすれば、詩の理解は単に「知的な行為」であるだけでなく、「情的な行為」でもあるはずです。ましてや詩を楽しむことは、知情がダイナミックに呼応し合って初めて達成されるものだと思わざるをえないのです。

さて、私に自分の思いを述べることを焚きつけてくれたもう一冊は、阿部公彦著『英詩のわかり方』（研究社、2007 年）です。著者は私よりずっと若い方で、文芸評論でも活躍されている気鋭の学者です。この本はどちらかというと「鑑賞」の態度で書かれた入門書ですが、表紙の帯には、「ほとんどの『常識』をゼロに戻し」「現代において『詩的』とはどういうことなのかを考える」と挑戦的な姿勢を示しています。

詩をめぐる「魂」を問題にしている私なんどは、古い「常識」派の典型で、もはや「現代」からはずれた「詩的」なるものを追い求めているかもしれない。と、そんな思いに駆られて本書を繙き《ひもとき》、「すごい」と思った点はいろいろあるのですが、2点にだけ絞って申したいと思います。

一つは、序章のタイトルでいきなり「あらゆる詩は外国語で書かれている」とあることでした。英詩だから外国語というのではないのです。英詩だろうと日本語の詩だろうと、「詩のテクストは、見ず知らずの他人の体臭がたっぷりこめられている」から、ということのようです。そして著者はさらに、「詩を読むときに大事なのは、いかにしてテクストの他者性を見失わないまま、テクストに自分を預けてその中に住みつくかということなのです」と言われる。それこそたいへん「詩的」な表現で感心します。が、具体的には分かりにくい。それはつまり、詩の中にのめり込んで、自分を忘れるということですか、と思ってしまう。私の「常識」的な見方では、すでに申しましたように詩は確かに日常を越えた言葉で「うたわれる」ので、読むのに苦労するかもしれないけれども、詩の言葉は本来、魂から直接的に出てくるものなので、根本においては普遍的なものだ、と思っています。だから自分を忘れるのではなく、自分を確認することにつながるのではないでしょうか。

もう一つの点は、第2章のタイトルで「なぜ英詩は声に出して読んではいけないのか?」と言われていることです。「詩が絶叫や怒鳴り声から、ささやき、つぶやき、ひいては沈黙に至るまで、実にさまざまな声のヴァリエーションを表現するジャンル」なので、「声に出すことで、私たちはこのヴァリエーションを狭めてしまうのではないか」というわけです。しかしこれも、私はすでに申しましたように、詩は本来的に感動や感情の高まりと呼応して豊かな韻律のある言語を「作り出す」芸術なので、声に出して読まなければ、その本来的な価値の少なくとも相当な部分が失われるのではないか、と思えてならないのです。著者は、しかし、「そのかわりに詩は弱さを、小ささを、脆弱さを得たのです。『力』を無くすことと引き替えに、詩は『力のなさ』を得た」と言われます。

私にもようやく見えてきました。この著者は、「他者性」とか「力のなさ」とかといった特性を肯定的にとらえておられる。そしてたぶんそれをこそ「現代」の詩の特性と受け止め、積極的にその特性を追求されているのではないか。が、私には、それこそ逆に詩の読み方を「狭めてしまう」のではないか、と案じられるのです。現代詩は、もうあの堅琴なんぞと合わせて感動とか感情とかを効果的にあらわすことはすっかり止めてしまって、ひたすら活字で——しかもしばしば恐ろしく難解に——表現される世界に入っています。そういう「詩」の「わかり方」を著者は説いてくれているようなのです。が、私は詩を「わかる」だけじゃない、「楽しむ」こともしたいのです。

私の古くさい「常識」は、むしろ詩の原初の出発点を見直すことが、「他者性」とか「力のなさ」とかを振りかざす現代詩の「狭められた」状態から詩を解放する道ではないか、と考えているようです。私はこの本で、自分がそんなことを一挙にできるとは思っていません。しかし英語の詩をゆっくり「鑑賞」しながら、詩が本来、どういう人間的な欲求に根ざし、どういう感動や感情を伝えようとし、どういう表現を探求してきたかといったことを、愚直に振り返ってみたい。そうすることが、英詩を幅広く「楽しむ」ことにつながると思うのです。

III

最後に、本書執筆に当たっての私の具体的な方針を、2点、述べてみたいと思います。まず詩を「声に出して読む」ことの是非の問題。私のような物ごとの原初に惹かれるプリミティブな人間は、印刷の発達によって詩がもっぱら活字で読まれるようになったことは認めながらも、なおかつ人の心は音楽的なリズムによって自然に高調した表現を得ることも否定できないように思います。詩の言葉が韻律に頼り、むしろ声に出して読むことによって内容の理解に深みや幅が増すことは十分にありうるのではないか。韻律を無視ないし敵視した詩の読み方は、むしろ偏頗《へんぱ》と言うべきでしょう。

ただし、詩の韻律は自然に感得される程度のものが一番よいと私は思います。Prosody（韻律学、作詩法）の修得を迫る英詩の授業なども昔はありましたが、私たちは英詩を作るのではなく、読んで楽しむ立場ですから、一番大事なところだけを知っていればよい。詩を実際に読みながら、韻律が有効に働いていることに気がついたら、その働き方を味わい、楽しめばよいのです。たとえば日本の詩歌ですと、ああいい調子だなあと思って注意してみると、たいてい七五調とか五七調などから成っている。で、そういうリズムにこちらの心のリズムを合わせていくと、その詩なり歌なりが一層深く味わえることが多い。英詩もその程度の注意を払いながら読んでいくと、内容だけでなく情調まで楽しめるように思います。

「英詩の構造」を重んじられる著者も決して韻律を無視されるわけではなく、「韻律の構造」と題する巻末付録で、実に要領よくその説明をしてくれています。音読に否定的な著者の方は、さすがに韻律に深入りされていませんが、それでも巻末に「英詩の韻律」という付録を付けられています。僅か１頁余りで、簡略ここに極まれり、といった感じですが、かえって見事でもあります。私はお二人のアイデアに寄りかかりながら、必要最小限の説明を、やはり巻末に載せたいと思います。

さて次に詩の「鑑賞」の問題。「英詩の構造」についての自覚のない、世間によくある「鑑賞」は、「すべて自我というアプリオリな鏡に映った自己の姿」を語るものにすぎないという意見は、安易な印象批評への忠告として聴くべきですが、「鑑賞」とは本来、作品を生きた姿で受け止め、理解し、味わい、評価する行為で、それをなすのは作品を読む人の「自我」にほかなりません。「自我」は決して「アプリオリな鏡」ではなく、「生きた」自己のエッセンス、つまり自己の魂です。その存在や役割を無視ないし軽視した「構造」理論は、ただ分析のための分析に走りがちで、なかなか詩の面白味の理解、鑑賞には到りません。

問題はその「自我」がちっぽけな、一人よがりのものであってはいけない、自分以外のものにも幅広い関心を持つ、いわば普遍性を志向するものでありたい、ということです。そのために人は勉強し、書を読み、詩を楽しむのでしょう。そういう幅と深みとダイナミズムを持った人の「自我」の声を私たちは聞きたい。「批評」とは本来、そういうものでしょう。

私は先に詩を読むことは「詩人の魂とこちらの魂を通わせる」ことだと申しましたが、私の目指す「鑑賞」も、つまりはそういうことです。高尚な抽象的理論を振りかざす必要はまったくない。むしろ自分をそういう理論武装から解き放って、なるべく魂をオープンにし、作品に素直に接する努力をしたい。ただし英詩はもちろん外国語で書かれ、外国の文化を背景にしていますから、その言葉や文化を正確に読み解く努力はしたい。またその詩の作者のこととか、作品の成立事情とかについても、必要最小限の知識は得たい。ほかの詩人やほかの作品と読み比べるようなことも、自然にしたくなるでしょう。そしてその種の努力から生じてきた感想は、なるべく正直にそのまま表現したい。それに対して読者から、自分の読み方は違う、自分の受け止め方、味わい方はこうだ、という意見が出されたら、もちろん大歓迎です。詩を読む「楽しみ」はまさにそこにあるのです。

1 最初の声

「William Blake」Thomas Phillips 画

詩は感動から生まれると私は言いました。感動にも、単純素朴なものから複雑きわまるものまで、いろいろあると思います。単純なものの極点の一つは、この世に新しい生命が生まれてきた時の興奮でしょう。赤ん坊の誕生を喜ぶ詩歌は、世界中におびただしくあります。日本でも、私などはすぐに『万葉集』における山上憶良《やまのうえのおくら》の「子等を思《しの》ぶ歌」などを思い浮かべます。「瓜食《は》めば、子等《ども》思ほゆ　栗食《は》めば　況《ま》して偲《しの》ばゆ　何処《いずく》より　来《きた》りしものぞ　眼交《まなかい》に　もとな懸《かか》りて　安眠《やすい》しなさぬ」。反歌も有名だから引いておきます。「銀《しろがね》も金《くがね》も玉も何せむに優《まさ》れる宝子にしかめやも」。この中の、私がとくに惹かれるのは「何処より来りしものぞ」（子供というものはいったいどこから生じてきたものか）という歌人の思いです。子を持つ――あるいは子を得た親の感動が、こういう表現を生むのでしょう。

さてイギリス詩人もまた同様の感動体験から素晴らしい詩を作って見せてくれています。親が赤ん坊を得た感動からさらに踏み込んで、赤ん坊自身がこの世に生を得た感動をうたってみせる詩です。

Infant Joy

“I have no name:
I am but two days old.”
What shall I call thee?
“I happy am,
Joy is my name.”
Sweet joy befall thee!

Pretty Joy!
Sweet Joy, but two days old.
Sweet Joy I call thee:
Thou dost smile,
I sing the while,
Sweet joy befall thee!

赤ん坊のよろこび

「なまえはないの、
生まれてまだ二日《ふつか》」
お前をなんて呼ぼうかね?
「ぼくたのしい、
ジョイ（よろこび）がぼくのなまえ」
すてきなよろこびがお前のものとなるように!

かわいいジョイ!
すてきなジョイ、生まれてまだ二日の。
すてきなジョイと呼ぶよ、これから。
ああ、笑ってる、
そのあいだ、うたってあげよう、
すてきなよろこびがお前のものとなるように!

作者のウィリアム・ブレイク（1757〜1827）はロンドンの小さな洋品屋の子に生まれ、日本流に言えば「読み書きそろばん」程度を身につけただけで、14 歳から engraver（彫版師）の内弟子となり、長じると自ら彫版師として身を立てました。ただ彼についてよく言われることは、父親が神秘主義の宗教思想家スウェデンボルグの信者だったため、その影響を受けて mystic（神秘家）となり、自分は「天の使い」と intercourse があると信じ、自分を "affectionate, enthusiastic, hope-fostered visionary" と呼んだりした事実です。ブレイクのこの面を重んじる人は、彼の見た（と信じる）ヴィジョンについて論じることに精力を費やします。が、私にとって（あるいは私たちにとって）重要なのは、彼が「詩人」——つまり言葉による芸術家——であった事実です。ただまさにヴィジョナリ（幻想する人）らしく、彼は物ごとを根源まで見通そうとし、また根源的、原初的な言葉で詩作しようと努めた。このことによって、彼は後世の詩人たちに甚大な影響を及ぼすことになります。その具体的なあらわれは、これからも折にふれて語ることになると思います。

さて、いま述べたような次第で、ブレイクは天成の自由人でした。彼の時代（18 世紀の末頃）にはまだ支配的だった洗練された言葉、整った形、そして教訓的な内容を重んじる Classicism（古典主義）の詩風を脱し、自分の魂から直接的にうた声をあげ、次の時代の Romanticism（ロマン主義）の詩風の先駆けとなりました。1789 年に自作の彫版画を添えて出版した *Songs of Innocence*（『無垢の歌』）と、1794 年に同様にして出した *Songs of Experience*（『経験の歌』）は、抒情詩人としてのブレイクの天才を示しています。前者は人間の根源の状態として、無垢な心の姿をうたう詩（序詩を含めて 19 篇）を収めます。が、彼はヴィジョナリではあったけれども、ロンドンの、あるいは人間の現実をよく見てもいました。現実の、つまり経験の世界では、無垢は失われていく。自分を抑圧、束縛するこの世界への怒り、反抗をさまざまな形で表現する詩を多く収めたのが、後者の詩集です。明るい無垢の喜びと、暗い抑圧や、それへの反抗の意識は、ブレイクにおいて一つの精神の両輪であり、彼はこの二つを合わせて *Songs of Innocence and of Experience: Shewing the Two Contrary States of the Human Soul*（1795）を出版しました。

"Infant Joy" はこの *Songs of Innocence* に収められており、まさに人間の根源の innocence を、原初的な言葉でうたい上げた感じです。単純な構文で難しいところは一つもありません。リズムは英詩で一番普通に使われる iambus（弱強格——詳しくは巻末「英詩の韻律一覧」参照）を基調としながら自由自在で、韻もあちこちで踏んでいますが、まるで規則がないみたい。生まれて早々の、つまり人間の最初の声を、詩の形にまとめてみせて、実にのびのびとしています。

ついでに、これと対応する *Songs of Experience* の中の詩を紹介しておきましょう。

William Blake ◀)) Track03

Infant Sorrow

My mother groan'd, my father wept,
Into the dangerous world I leapt;
Helpless, naked, piping loud,
Like a fiend hid in a cloud.

Struggling in my father's hands,
Striving against my swaddling-bands,
Bound and weary, I thought best
To sulk upon my mother's breast.

赤ん坊のかなしみ

母さんうめいた、父さん泣いた、

あぶない世界にぼく跳びこんだ、

たよりなく、はだかで、ぴーぴーわめきながら、

雲に閉じこめられた鬼みたいに。

父さんの腕んなかでもがきながら、

おむつをばたばた蹴とばしながら、

縛られて疲れちゃって、思った

母さんのおっぱいでふてくされてるのが一番と。

こちらも赤ん坊の声ですが、人生「経験」を少し踏んだようで、現実に抵抗し、もがきながら、わめいています。（もとの原稿は長く、「ぼく」は「父さん」をついに殺してしまうのですが、それはやめて最初の 2 連だけにしました。）それでもやはり赤ん坊の原初的な言葉がくり広げられ、どこかユーモラスにもなっているところが面白いです。リズムは iambus（弱強格）で始まりながら複雑化しますが、韻は aabb/ccdd と単純明快。強烈な内容だけに、さっぱり感を出したのでしょう。

作者はこの Infant の Joy も Sorrow も自分のものとして表現することに、「詩人」としての使命も喜びも感じていたような気がします。

2
元気の声

Walt Whitman
Leaves of Grass 初版 (1855) の口絵より
S. Hollyer 彫版画。

この世に新しい生命が生まれた時の興奮を、ブレイクはその生命の担い手である赤ん坊の声でうたい上げました。ロンドンという、当時すでに世界に冠たる稠密《ちゅうみつ》な人口の都市の中で、です。同じような新しい生命の声が、まだ荒野の状態から抜け出すことに懸命だったアメリカでは、どういう表現を生んだか。その表現の代表的な例を見てみたいと思います。

Walt Whitman Track04

Starting from Paumanok (§2)

Victory, union, faith, identity, time,
The indissoluble compacts, riches, mystery,
Eternal progress, the kosmos, and the modern reports.

This then is life,
Here is what has come to the surface after so many throes and convulsions.

How curious! how real!
Underfoot the divine soil, overhead the sun.

See revolving the globe,
The ancestor-continents away group'd together,
The present and future continents north and south, with the isthmus between.

See, vast trackless spaces,
As in a dream they change, they swiftly fill,
Countless masses debouch upon them,
They are now cover'd with the foremost people, arts, institutions, known.

See, projected through time,
For me an audience interminable.

With firm and regular step they wend, they never stop,
Successions of men, Americanos, a hundred millions,
One generation playing its part and passing on,
Another generation playing its part and passing on in its turn,
With faces turn'd sideways or backward towards me to listen,
With eyes retrospective towards me.

ポーマノクから出発して（第2節）

勝利、団結、信仰、個性、時間、
不滅の盟約、富、神秘、
永遠の発展、宇宙、そして現代の出来事。

ではこれが「いのち」か、
いくたの陣痛や痙攣を経て生まれ出てきたものがここにある。

何たる不可思議！　何たる真実！
足下に聖なる大地、頭上に太陽。

見よ、地球が回転するさまを、
先祖の大陸が向こうで集《つど》い、
現在と未来の大陸が地峡をはさんで北と南に。

見よ、人跡未踏の広大な空間を、
夢に見るように姿を変え、すばやく充満し、
無数の集団が現われ、
いまこの世の先端を行く人、芸術、制度でおおわれる。

見よ、時間を貫いて放出される、
わたしのための果てしない聴衆。

しっかり整った足取りで、彼らは進み、立ち止まることがない、
連なる人々、アメリカ人、一億もの、
一つの世代が役割を果たして過ぎて行くと、
次の世代がこんどは自分の役割を果たして過ぎて行く、
顔を脇に向け後《うしろ》に向けして、わたしに耳を傾ける、
眼をわたしに向けて回顧もしながら。

ウォルト・ホイットマン（1819〜1892）は、アメリカ最大の詩人であるだけでなく、アメリカを最もよく代表する詩人でもあります。詩の内容においても表現においてもそうです。未開の荒野から出発したアメリカの詩人にふさわしく、彼は人間の根源、言葉の根源から出発しようとしました。彼が *Leaves of Grass*（『草の葉』初版、1855）を出すまでにブレイクの詩を読んでいたかどうか、よく分かりませんが、「根源から出発」という点で彼の詩はブレイクの詩と共通するところも多く、イギリス・ヴィクトリア朝に情熱的な詩で華やかに活躍した詩人 Algernon Swinburne は評論 *William Blake* (1868) の結末で、当時まだ無名だったホイットマンをブレイクと並ぶ「率直」「新鮮」な表現の詩人として高く評価しました。さらに言えば、病死した夫の遺志を継いで伝記 *Life of Blake* (1863) を完成させた Anne Gilchrist は、ホイットマンの詩に魅せられて、ついに "A Woman's Estimate of Walt Whitman" (1870) なる論文を書いたり、彼のそばに住むために渡米したりするまでになり、女っ気の乏しいホイットマンの生涯を艶のあるエピソードで飾っています。

ここに取り上げた詩のタイトルの「ポーマノク」とはインディアン語で「魚の形の島」を意味し、ニューヨーク市（マンハッタン）に隣接する島 Long Island を指します。ホイットマンはこの島の生まれなのです。「ポーマノクから出発して」とは、自分の生まれや生い立ちを振り返ってうたう姿勢をあらわしたタイトルで、『草の葉』が今日の形に近づいた第 3 版（1860 年）の巻頭に収められたもの。アメリカ詩人としての「出発」から現在までを、その覚悟まで含めて一種自伝的にうたった全 19 節、270 行に及ぶ長詩ですが、その「出発」点に近い第 2 節だけを引きました。作者はブレイクの詩におけるように「赤ん坊」になっていません。が、詩人としての「出発」の思いを元気あふれる言葉でうたい上げています。ここに「元気」というのは、単に healthy の意味ではありません。この言葉本来の、「万物の根源的な精気」につながる（『大字源』）、の意味です。

第3連の

How curious! how real!

Underfoot the divine soil, overhead the sun.

というのは、作者が「詩人」としてこの世に生まれた時の、この世界の最初の印象の集約でしょう。余分な言葉はいっさい使わず、新鮮で、堂々としています。第4連で、「先祖の大陸」（複数）というのは、ヨーロッパ大陸やアジア大陸を指し、「現在と未来の大陸」というのは、パナマ地峡を間においた北米大陸と南米大陸に違いありません。ホイットマンは威勢のよい大袈裟な言葉遣いだけでなく、こういう冗談じみた表現もまた得意でした。最後の連で、彼の「聴衆」となる人々をAmericansではなくAmericanosと呼んでいるのは、スペイン系の中南米のアメリカ人も念頭においてのことでしょう。こういう幅広い全アメリカ（あるいは全世界）の「聴衆」を念頭におきながら、ホイットマンは第1連の3行に並べたような「永遠の発展、宇宙、そして現代の出来事」をうたい上げることを使命と自覚して、「詩人」となったのでした。

一見してお分かりのように、この詩は伝統的な詩形はいっさい無視して、完全な自由詩形です。ホイットマンは世界の自由詩の導火線ともなった詩人です。

Walt Whitman 🔈 Track05

Song of Myself (§24 Extract)

Walt Whitman, a kosmos, of Manhattan the son,
Turbulent, fleshy, sensual, eating, drinking and breeding,
No sentimentalist, no stander above men and women or apart from them,
No more modest than immodest.

Unscrew the locks from the doors!
Unscrew the doors themselves from their jambs!

Whoever degrades another degrades me,
And whatever is done or said returns at last to me.

Through me the afflatus surging and surging, through me the current and index.

I speak the pass-word primeval, I give the sign of democracy,
By God! I will accept nothing which all cannot have their counterpart of on the same terms.

Through me many long dumb voices,
Voices of the interminable generations of prisoners and slaves,
Voices of the diseas'd and despairing and of thieves and dwarfs,
Voices of cycles of preparation and accretion,
And of the threads that connects the stars, and of wombs and of the father-stuff
And of the rights of them the others are down upon,
Of the deform'd, trivial, flat, foolish, despised,
Fog in the air, beetles rolling balls of dung.

わたし自身の歌（第24節、抜粋）

ウォルト・ホイットマン、一個の宇宙、マンハッタンの子、
性激越、肉づきよく、好色で、食い、飲み、産みふやし、
めそめそせず、男や女の上に立ったり、彼らから遠ざかっていたりもせず、
不作法でもないがおしとやかでもない人間。

ドアから錠をねじり取れ！
柱からドアそのものをねじり取れ！

他人を卑しめる者は、誰であれわたしを卑しめることになる、
行われたこと、言われたことは、何であれ結局わたしに返ってくる。

わたしを通して霊感があふれまたあふれる、わたしを通して生の潮流と指標が。

わたしは根源的な合言葉を語る、デモクラシーの合図を送る、
神かけて！　わたしは何も受け入れない、すべての人が同じ条件で、
　　　対応する物を得られるのでない限り。

わたしを通して長いあいだ沈黙させられていた多くの声が、
無数の世代の囚人や奴隷の声が、
病める者や絶望している者の声、盗人やこびとの声が、
いく星霜もの準備と蓄積の声が、
そして天球をつなぐ糸の、子宮と精液の声が、
そして他人に抑えつけられた人たちの権利の声が、
不具の、取るに足らぬ、平凡な、愚かな、軽蔑されている人の声が、
空中にただよう霧、糞《ふん》の団子を転がしているこがね虫の声が。

Through me forbidden voices,
Voices of sexes and lusts, voices veil'd and I remove the veil,
Voices indecent by me clarified and transfigur'd.

I do not press my fingers across my mouth,
I keep as delicate around the bowels as around the head and heart,
Copulation is no more rank to me than death is.

I believe in the flesh and the appetites,
Seeing, hearing, feeling, are miracles, and each part and tag of me is a miracle.

Divine am I inside and out, and I make holy whatever I touch or am touch'd from,
The scent of these arm-pits aroma finer than prayer,
This head more than churches, bibles, and all the creeds.

わたしを通して禁じられた声が、
男と女と欲望の声が、ヴェールをかけられた声が—— わたしはそのヴェールを引きはがす、
みだらな声が—— わたしはそれを浄化し、変容する。

わたしは唇《くち》に指を押し当てはしない、
わたしは頭や心と同様に内臓のまわりも美しく保っておく、
性交がわたしにとって野卑でないのは死と同じだ。

わたしは肉体と欲望を信頼する、
見ること、聞くこと、觸《ふ》れて感じることは奇跡だ、わたしのどの部分もちょっとくっついている物も奇跡だ。

こうごうしい、わたしは内も外も、そして觸れたり觸れられたりするものいっさいを神聖にする、
この腋の下の匂いは祈りよりかぐわしい、
この頭は教会、聖書、すべての信条にまさる。

ホイットマンの「元気」の声の、最も元気なところを聞いてみたいという読者がいたら、私が躊躇せず推すのは “Song of Myself”、それもとくにこの第 24 節です。“Song of Myself” は『草の葉』初版の中心をなしたホイットマン最大の長詩（全 52 節、1346 行）で、1 行目 “I celebrate myself, and sing myself”（わたしはわたし自身をたたえ、わたし自身をうたう）という、それ自体、破天荒《はてんこう》に大胆で図々しいような自己中心の思いの表現から始まって、その「わたし自身」を内からも外からも、時にはヴィジョナリの姿勢も持ってうたいまくっていきます。そして、その「元気」の声が最初の頂点に達するのがこの第 24 節で、明けっ広げな自己暴露と自己宣揚とをやってのけるのです（テキストはこの節の前半だけです）。

この節、いきなり Walt Whitman という名前から始まります。実は『草の葉』初版は表紙にも扉にも著者名が記されていませんでした。それでこの詩を贈られた思想家のエマソンは、読んで感動したけれども礼状の書きようがなく、ここの表現で初めて作者を知ったと、後になって出した礼状（今やたいへん有名な礼状です）の中で述べています。そういう自分の名前に続けて「一個の宇宙」だなどと大袈裟なことを言い（cosmos を kosmos とスペルしたのは、単なる英語を越える宇宙性を出そうとしたのでしょうか）、すぐ次に of Manhattan と反転して一地方の所属であることを示し、それから the son とつなぐ（もちろん the son of Manhattan とあるべきところです）。冒頭のただの 1 行が中身を拡大し、縮小し、変転して、見事に生き生きと活動しています。

2 行目と 3 行目は、そういう Walt Whitman がまったく普通の人間であることをうたうのですが、eating, drinking の次に breeding（生殖する）などと続けて、笑いを誘います。壮大さと卑小さ、そしてユーモアが巧みに組み合わさって、読者を引き寄せるのです。

第 2 連に入ると、unscrew（ねじをはずす）という言葉で、錠とかドアを取っ払う、束縛ではなく自由を獲得するという自己の姿勢を示し、これ以後、「自由」な人間、「自由」を推し進める人間としての自己の役割をうたいます。第5連 I speak the pass-word primeval 云々は「詩人」としての使命を直接的にうたっています。

第6連に来て、「長いあいだ沈黙させられていた多くの声」が具体的に列挙され始めます。ホイットマンの「カタログ手法」として有名な表現術の、ごく簡単な例ですが、「囚人」とか「奴隷」とかはっきりした名詞を出すかと思うと、「天球をつなぐ糸」といったような何か神秘的な宇宙の仕組みや、一転して「子宮」や father-stuff（聞きなれない言葉ですが semen のことでしょう）の声といった、猥褻というよりもどこかユーモラスな響きの声を出すなど、千変万化の内容で、最後に「糞ころがし」（dung beetle）という昆虫（こがね虫の一種）の声を持ち出し、笑いでもって連を締めくくります。

第7連は相変わらず「わたしを通して」発せられるべき声のカタログではありますが、行の途中で、「ヴェールを引きはがす」とか「浄化」「変容」するとかと、わたしの行為をあらわす文章に変わってしまいます。変化に富んだ表現です。なお sexes は「性器」とか「性行為」とかと取れなくもありませんが、複数形ですから「男と女」と訳しておきました。

そして最後の第9連で、Divine am I inside and out と、まことに堂々たる自己宣揚をしながら、すぐ次の行で「腋の下の匂い」などという途方もないものを持ち出して、それが「祈り」よりもかぐわしいなどと、おかしな比較をし、最終行は自分の「頭」を「教会」「聖書」すべての「（宗教的な）信条」よりも more なものだと締めくくります。more は一応「まさる」と訳しましたが、中身がわからないところに含みがあって面白いと言えます。

こうして「わたし自身の歌」のこの節は、「元気の声」をたっぷり聞かせて、いわばそのどぎつさによって、良いにしろ、悪いにしろ、読者の強い反応を誘います。卑俗、猥褻といった非難もさんざん蒙《こうむ》りましたが、逆に崇高、奔放といった讃辞が注がれもしてきました。私としては、「詩人」としてのホイットマンの声が硬軟多彩な要素を織り込んで、「詩」の面白さを展開していることに注目したい思いです。

3 「斜め」の声

Emily Dickinson（16歳頃）
彼女の現存する唯一の肖像画と思われる。

詩の声は心の感動から、あるいは魂から出てくるものですが、ホイットマンの場合のように、直接的で「元気」に満ちているものばかりではありません。一見もっとひそやかで、頼りなげな声もあります。ホイットマンと並ぶアメリカの大詩人 Emily Dickinson の詩は多くがそうです。が、それは「一見」のことで、本当はホイットマンに負けぬ強い「自己」を持ち、それを守って堂々とうたっているのです。

Emily Dickinson Track06

"I'm Nobody! Who Are You?"

I'm Nobody! Who are you?
Are you — Nobody — too?
Then there's a pair of us!
Don't tell! they'd advertise — you know!

How dreary — to be — Somebody!
How public — like a Frog —
To tell one's name — the livelong June —
To an admiring Bog!

わたしは誰でもない人！　あなたは誰？

わたしは誰でもない人！　あなたは誰？

あなたも――また――誰でもない人？

それならわたし達お似合いね？

だまってて！　ばれちゃうわ――いいこと！

まっぴらね――誰かである――なんてこと！

ひと騒がせね――蛙のように――

聞きほれてくれる沼地に向かって――六月じゅう――

自分の名前を唱えるなんて！

この詩の “I'm Nobody!” という言い方を、たとえばホイットマンの “Walt Whitman, a kosmos” と比べてみてください。ディキンソンはまるでひそひそ声で、「わたしたち Nobody でいましょうね」とささやいているみたいです。Nobody とは普通、取るに足らない、つまらない人の意味ですが、ここではその意味を含めながらも、もっと文字通りに「誰でもない人」の意味に受け止めました。Somebody は逆に、やはり文字通りに「誰かである人」ということになります。そういう言葉の掛け合い的なことを含めて、この詩は蛙のようにげろげろわめいて自己宣伝することに背を向け、いわば身を隠すことによって自己を守ろうとする強い姿勢を打ち出しています。ホイットマンとは違うユーモアが全篇にみなぎっていることにも注目してください。アメリカ詩人の詩風は一般的に無骨で無愛想ですが、よく読めば入念なユーモアをたたえていることが多いように思います。

エミリ・ディキンソン（1830～1886）は、ホイットマンより 11 年遅れて、ピューリタン的信仰が根強く残っていたマサチューセッツ州の奥地、アマストの名家の娘に生まれました。その時代の女性としては最高の教育を受けていたのですが、形式的な信仰告白を求められて拒絶、学校を中退し、17 歳以後、ほとんど家にあって静かに家事を手伝う生活を送ったようです。そして生涯、独身を通しました。世間に背を向けることによって、実は強い自己を養っていたのです。

ちょっと違う視点から述べれば、デモクラシーの勃興期に生々発展する現代的都市ニューヨークに生きたホイットマンは、自己を信じ、「元気」に満ちた言葉で自己拡大うたいましたが、同時に、絶えず自己拡散の危険も胎んでいました。が、少し遅れて、時代に取り残されたような「黄昏《たそがれ》のニューイングランド」に生まれて生きたディキンソンは、むしろ自分の世界をせまく限ることによって、自己の「自由」を守っていたと言えそうです。そういう「生」をもとにして、彼女はひそかに詩を書き続けていました。彼女の言葉が「斜め」に発せられて生彩を得たのは、ごく自然なことです。彼女が死んだ時、その原稿は彼女の手できちんと整理して残されており、1955年になって1775篇が出版されると、アメリカ文学史は一挙に書き変えられることになりました。

Emily Dickinson Track07

“Tell all the Truth but tell it slant—”

Tell all the Truth but tell it slant—

Success in Circuit lies

Too bright for our infirm Delight

The Truth's superb surprise

As Lightning to the Children eased

With explanation kind

The Truth must dazzle gradually

Or every man be blind—

真実をそっくり語りなさい、しかし斜めに語りなさい——

真実をそっくり語りなさい、しかし斜めに語りなさい——

成功はまわり道にあります

わたしたちのひ弱な喜びには明るすぎます

真実のもつ至高の驚きは

丁寧に説明すると

子供たちも稲光りが怖《こわ》くなくなるように

真実はゆっくりと輝くのがよいのです

さもないと誰もかも目がつぶれてしまいます——

この詩はディキンソンの「ひそやかな声」による詩法を、一種の詩的宣言として述べたような作品です。詩として、彼女の傑作というには程遠いですが、彼女の人生哲学のようなものがあらわれています。「真実」をそのまま表現すると（ホイットマンはそうしようとした）、私たちが喜んで受け止めるにはあまりにも bright（ぎらぎら）しすぎになりそうだ、だから slant（斜めに）表現するのがよいというわけです。この slant という言葉にどういう意味がこめられているかが問題ですね。同時代のイギリスの大詩人 Robert Browning の代表作 *The Ring and the Book*（『指輪と本』1868-69）に、"Art may tell a truth / Obliquely ..."（芸術は真実を語るかもしれぬ／斜めに…）という表現があり、ディキンソンは自分の所蔵本のその個所にしるしをつけていたそうです。尊敬していたブラウニングのこういう言い方を真似したのかもしれません。彼女自身の詩に "There's a certain slant of Light"（斜めに射し込む光があります）という行で始まる作品があり、冬の日の午後、そういう光がやって来ると、「風景は耳をそばだて」「物影は息をこらします」とうたっています。「斜め」の声も、それ自体が斜めの表現で正確には捉え難い。だが要するに、ひそやかで、まわり道を行くような表現に、ディキンソンは大きな詩的力を感じ、期待していた。私は彼女の人生哲学と言いましたが、人生美学と言うべきかもしれません。

そういう人生美学を詩にして、彼女の代表作ともなっている一篇を、ここにあげてみます。

COLUMN
I

文学史を書き変えさせた詩集

エミリ・ディキンソンはNobodyのふりをしながら、ひそかに詩を書き続け、1886年、独身のまま55歳で亡くなった時、きちんと整理した大量の詩稿を残していました。それを発見した妹が、ディキンソン家に縁の深かった文筆家のMabel Loomis Todd夫人に相談、夫人はエミリが信奉していた評論家のThomas Wentworth Higginsonに応援を頼み、二人の編集で*Poems of Emily Dickinson*（1890）を出版しました。当時の読者に受け入れ易いようにヒギンソンが表現に手を加え、115篇を収めた小さな選集でしたが、読者の反応がよくて、すぐ翌年、続編を出し、それ以後いろんな形で選集が出版されました。しかし1955年、ハーヴァード大学のThomas H. Johnson教授の手で、エミリの原稿の忠実な再現に努めた1775篇の全詩集*The Poems of Emily Dickinson,* Variorum Edition（集注版）全3巻、およびそれを一般読者向けにまとめた1巻本*The Complete Poems of Emily Dickinson*が出版され、ディキンソン詩の新鮮な内容・表現の全容が初めて明らかになり、アメリカ文学史が書き変えられる事態となりました。ちょうど100年前のホイットマンの歴史的な詩集*Leaves of Grass*（本書28頁参照）の出版に呼応するような事件です。

ジョンソン教授はそれより前、*The Poetical Works of Edward Taylor*（1939）を出し、それまでまったく埋もれていたピューリタン時代最大の詩人（本書206頁参照）を世に知らしめ、やはり文学史の書き変えを迫りました。文学・文化の歴史の浅いアメリカでは、こういうことがしばしば起こって、面白いです。

Emily Dickinson Track08

“Success is counted sweetest”

Success is counted sweetest
By those who ne’er succeed.
To comprehend a nectar
Requires sorest need.

Not one of all the purple Host
Who took the Flag today
Can tell the definition
So clear of Victory

As he defeated — dying —
On whose forbidden ear
The distant strains of triumph
Burst agonized and clear!

成功をもっとも心地よく思うのは

成功をもっとも心地よく思うのは
成功することのけっしてない人たち。
甘露の味を知るには
激しい渇きがなければならぬ。

今日敵の旗を奪った
くれないに映える軍勢の誰ひとりとして
勝利とはいかなるものか
はっきりと定義することはできぬ

戦いに敗れた兵士―― 死に瀕し――
聞こえなくなっていくその耳に
遠くの勝ち誇った歌声が
はっきりと苦悶にみちてどよめく兵士ほどには！

これはディキンソンが自ら発表したほんの数篇の詩の中の1篇で、彼女の自信作だったんでしょう。いつも勝利している人は、勝利を当たり前のようにしていて、その有難い味が分からない。成功の味は、成功することのない人にこそ分かるものだという、まさに「黄昏のニューイングランド」に育った「誰でもない人」の、いわば「敗北の美学」。しかしそんな美学の、卓抜な表現に注目してください。戦いに負けて、いま死につつあり、聞こえなくなっていくその耳に、遠くの、勝利した連中のあげる凱歌が聞こえてくる。負けたという意識はこれで完成し、そこに一種の陶酔感も生じる境地をうたっているのですが、私がすごい！　という思いを抱くのは、敵の勝利の叫びを agonized と表現していることです。その叫びは死にゆく兵士を苦悶させるのだからと、勝手に agonizing に改変した編集者もいましたが、死にゆく兵士にも歌の叫び自体が苦悶に満ちて聞こえると取る方が、彼の敗北に陶酔感を生じさせることにもなりそうで、敗北の美学が深まるように私には思えるのです。「斜め」の美意識の効果でしょうか。

詩形は各連 4 行、全 3 連から成り、明かにホイットマン的な自由詩とはまったく違います。ディキンソンは、讃美歌によく使われる common meter という形を基本にすることが多くて、この詩もそうです。1 連 4 行で、各行は iambus（弱強格）の 4 歩（tetrameter）と 3 歩（trimeter）とが交互に配される形です。ただ、一見整然としているようですが、行を追うに従って、その調子（歩格）が乱れていくようです。韻も各連 2 行目と 4 行目で踏んでいるようですが、today と victory ではどうも不完全な韻です（こういう韻律のことは巻末の付録でもう少しまとめて説明いたします）。

それから詩形と言うより内容の問題ですが、第 2 連と第 3 連の間で So clear ... As ...（～ほどはっきりと～）という相関句を跨いで使っていて、英語を勝手に用いているなあと思わせます。やっぱり「斜め」の語法で、一見きっちりした定形詩だけれども、根っこのところでは「自由」さをあらわしています。そして詩の内容は完全にその「自由」に呼応しているのです。

ディキンソンの一見ひそやかで実は大胆な言葉遣いの実例は、本書中にこれからも何度か現れてくると思います。

COLUMN
II

桂冠詩人

今まで取り上げてきた詩人、イギリスではBlake、アメリカではWhitmanとかDickinsonとかは、庶民階級の人、上流階級の人などさまざまですが、あくまで一個の独立した人格で、国家から栄誉を授けられ、支援されるような存在ではありません。ところがイギリスの詩史に登場してくる「桂冠詩人」Poet Laureateというのは、どうもそういう偉い存在らしい。これは何者か。

ギリシャ神話で、芸術や光明の神アポロンが愛し追いかけたダフネは、月桂樹に身を変えてしまいます。アポロンは仕方なく、その枝を取って詩人や勝利者の栄光の象徴としました。それでヨーロッパでは、支配者がすぐれた人に月桂樹の冠を授ける習慣ができた。そんなことから桂冠詩人なる者が生まれたようです。イギリスでは古典主義の時代にそれが制度化し、1668年、John Drydenが初めて正式にpoet laureateとなりました。

桂冠詩人は一代に一人だけで、終身年俸を受け、宮廷の出来事などに際し詩を作るのが仕事です。たいへんな名誉ある地位ですが、ドライデンの後、私が名前を知るような大詩人は滅多にこれになっていません。19世紀に入って、ようやくWordsworthやTennysonのような大詩人がこの地位につきますが、後から本文中で述べるように、こういう栄誉を受けてからの二人の作品はどうも「生の歌」の活力を失ったようです（本書57頁参照）。

アメリカは宮廷などないのですが、こんなものがうらやましいのか、1985年からそのアメリカ版をつくっています。正式にはPoet Laureate Consultant in Poetryと言います。合衆国議会図書館が任命し、任期は1年（再任可能）で、任期中少なくとも1回講演や詩の朗読会をするのが仕事のようです。初代はRobert Penn Warrenでしたが、その後は次第に小物化し、私の名前を知らぬ詩人が多くなっています。

本書で取り上げる詩人は「魂の声」本位ですので、イギリスもアメリカもこういう桂冠詩人とはとんと関係ありません。

4

生の歌(1)

William Wordsworth

　これまで、詩の「声」を問題にしてきました。詩は人間の魂が受け止めた感動を、さまざまなプロセスを経て「言葉」であらわした芸術ですから、そのあらわす時の「呼吸」が大事なわけで、それをより具体的な形で、「声」として検討したわけです。これからようやく、そういう詩にうたわれるテーマを、いろいろと見ていきたいと思います。まず「生」life です。詩が伝えようと思う「感動」は、人間の「生」があって生じるものですから、「生」が詩の重要なテーマの一つとなるのはしごく当然なことです。ただ「生」は、人間の人生や生活の展開の上で生じるさまざまな事——事件とか物事とか——とからまっているのが普通であって、純粋の「生」そのものなんてものは、滅多に詩的感動と結びつかないでしょう。それで、「生」が具体的な緊張とか高まりとかを見せた瞬間を捉えてうたった詩を、まず取り上げてみたいと思います。

William Wordsworth Track09

"I Wandered Lonely as a Cloud"

I wandered lonely as a cloud
That floats on high o'er vales and hills,
When all at once I saw a crowd,
A host, of golden daffodils;
Beside the lake, beneath the trees,
Fluttering and dancing in the breeze.

Continuous as the stars that shine
And twinkle on the milky way,
They stretched in never-ending line
Along the margin of a bay:
Ten thousand saw I at a glance,
Tossing their heads in sprightly dance.

The waves beside them danced; but they
Out-did the sparkling waves in glee:
A poet could not but be gay,
In such a jocund company:
I gazed—and gazed—but little thought
What wealth the show to me had brought:

For oft, when on my couch I lie
In vacant or in pensive mood,
They flash upon that inward eye
Which is the bliss of solitude;
And then my heart with pleasure fills,
And dances with the daffodils.

わたしはひとりぶらついていた

わたしはひとりぶらついていた、
岡や谷の上、高く浮かぶ雲のように——
すると不意に目の前に現われた、
おびただしい金色の水仙の群れが、
湖のほとり、木々の下に、
そよ風に吹かれてゆらめき、踊りながら。

天の川にきらめき輝く
星の群れのように途切れることなく、
水仙は入江のふちに沿って
はてしない列をなしてのびていた。
ひと目で見えた、１万の花が
頭をゆすり元気に踊っているのが。

かたわらで波も踊っていた、だがその輝く波よりも
水仙が歓喜のさまでまさっていた。
詩人たるもの心たのしまざらんや、
こんな快活な仲間がいては。
わたしは眺め、眺めたが、気づかなった、
この眺めがどんな富をもたらしたかを。

空しい気分や沈んだ思いで
長いすに寝そべっていると、
孤独がくれた祝福である内心の目に
水仙がきらきら映えるのだ、
すると心は喜びに満ち
一緒になって踊るのだ。

この詩はしばしば “Daffodils”（「水仙」）と題されており（有名な英詩のアンソロジー *The Golden Treasury* もそうしている）、そうすると「自然」をテーマとした詩と受け止められるのですが、もちろんその要素は十分に認めても、私は作品の第 1 行をそのままタイトルとした姿勢の方を重んじ、この詩を基本的に「生」の歌と受け止めたいのです。

ここで作品の検討に入る前にウィリアム・ワーズワス（1770 ～ 1850）という詩人――英文学史では普通、シェイクスピアやミルトンとほとんど並ぶ大詩人と見なされています――の演じた歴史的な役割について、一言ふれておきたいと思います。話はまた一挙に変わるようですが、私は日本人ですから、当然、日本の詩歌にも関心がある。日本の近代詩の最初の金字塔とも言うべき作品に島崎藤村の『若菜集』（1897、明治 30 年）があります。西洋から入ってきた文明の衝撃を柔軟に受け止め、日本の伝統的情調と見事に合体させ、明治の青春をうたい上げたような詩集です。それから藤村は 3 冊の詩集を相次いで出し、それらを合わせて『藤村詩集』（明治 37 年）を出すのですが、その「序」が日本近代詩の素晴らしい出発宣言になっているのです――「遂に、新しき詩歌の時は来りぬ」という文章で始まって。ところで、この短い宣言の中に、すごい一文があります。

> 詩歌は静かなるところにて想ひ起《おこ》したる感動なりとかや。

私は本書の「序」でも述べたように、ある種の学者・批評家の意見に反対して詩における「感動」の重要性を主張する人間ですから、藤村のこの言葉に我が意を得た思いです。ただし、「～とかや」（～だそうだ）とある。では藤村は誰からこの言葉を聞き知ったのかというと、それがワーズワスだったのです。藤村は早くからワーズワスをよく読んでおり、明らかにその影響を蒙ったと思われる詩もいくつか発表しています。

1798年、ワーズワス（28歳）が友人のコウルリッジとの共著 *Lyrical Ballads*（『抒情歌謡集』）を出版、イギリス文学史にロマン主義時代の扉を開いたことはよく知られています。彼はこの詩集の意図を説明して、その第2版（1802）に長い Preface（序文）を寄せました。ブレイクのところ（第1章）でもちょっと説明したような、従来支配的だった古典主義詩風に反対し、題材は日常生活に取ること、言葉は通常の人々に用いられているのものを選ぶことを力説、ロマン主義の詩的宣言となったものです。その中に "... poetry is the spontaneous overflow of powerful feelings: it takes its origin from emotion recollected in tranquillity." という文章がある。藤村の文章はこれを翻訳したものであること、間違いありません。

さて、こうして影響が東洋にまで及ぶ大仕事をなしたのですが、当人はのほほんとしていたようです。ワーズワスはイングランド北西部 Cumberland のいわゆる湖水地方 Lake District の一角に、地主兼弁護士の息子として生まれました。両親は早く死にましたが、親類縁者に支えられて牧歌的な生活を送り、1791年ケンブリッジを卒業するとフランスに遊学、折からのフランス革命に共鳴し、その実地見聞を深めるようなことをしているうちにフランス女性 Annette Vallon と知り合って子供をもうけ、金策のために帰国。ところが93年、フランスは恐怖時代に入り、しかも英仏交戦状態になって、彼はフランスに戻れなくなり、とやかくしているうちにたぶん94年、妹 Dorothy の友人で幼なじみの Mary Hutchinson と同棲してしまう。そんな中で詩を書いて、1798年、『抒情歌謡集』の出版にいたるわけです。

さて、問題の詩は1804年、彼がやはり湖水地方の一角、Grasmere の Dove Cottage（私は自分の住まいを木菟《みみづく》山房と称していますが、それ流に言えば鳩居《きゅうきょ》山房か）に居住した頃の作らしい（ここにいた 1799-1806 の 7 年間が、ワーズワスの詩人として最も実りある時期だったとされています）。妹 Dorothy の日記によると、この詩は 1802 年 4 月 15 日の体験にもとづくようです（daffodils が「岸に沿って長い帯をなしていた」有様など、同じような表現を沢山しています）。実際には兄妹連れだってぶらついていたわけですが、ワーズワスは詩人として lonely の気分を強調したかったのでしょう（lonely を私は「ひとりで」と訳しましたが、「さびしく」と訳してもまったくよいと思います）。孤独で wander していると、突然、目の前に daffodils の大群が見えた、ということにし、その情景を生き生きとうたいます。しかし、この詩の中心は daffodils そのものではなくて、むしろ最後の第 4 連の、自分が vacant か pensive な mood で couch に寝そべっていると、しばしばその情景が「心の目」の前に flash して、心を pleasure で満たし daffodils と一緒になって踊らせる、というところにあります。単なる感覚にもとづく感動が、静かに思い起こすことによって「生」の感動に高まる有様をうたっているのです。

全 4 連、各行単純な iambic tetrameter（弱強 4 歩格）で ababcc と韻を踏んでいます。全体的に非常にやさしい日常語を連ね、内容も日常のことを題材とし、『抒情歌謡集』第 2 版の序の宣言通りのうたい方と言えます。（第 4 連 3 行目の inward eye を which is the bliss of solitude と、取って付けたような関係節で説明しているところだけが、言葉遣いも抽象的で、邪魔な気がしますが、これは妻 Mary Hutchinson の言を採用したためだそうです。）まさに、一つの感動が回想の中で「詩」に昇華しており、読んでいて、こちらの「生」が揺さぶられる思いです。

ただ、1843 年には桂冠詩人になり、同時代の詩人中、随一の名声を誇ったワーズワスですが、次の時代の詩人たちからは相当の不評を蒙ります。バイロンもシェリーも彼を単純・鈍重とあざけり、キーツも公然と不信の念をあらわし、最初は彼を信奉していたロバート・ブラウニングも “the lost leader” と呼ぶようになるのです。では、そのブラウニングの「生の歌」は？

Robert Browning
1855年（43歳）
D.G.Rossetti 画

Pippa's Song

The year's at the spring
And day's at the morn;
Morning's at seven;
The hill-side's dew-pearl'd;
The lark's on the wing;
The snail's on the thorn;
God's in his heaven—
All's right with the world!

春の朝

時は春、

日は朝《あした》、

朝《あした》は七時、

片岡《かたをか》に露みちて、

揚雲雀《あげひばり》なのりいで、

蝸牛《かたつむり》枝に這ひ、

神、そらに知ろしめす。

すべて世は事も無し。　（上田敏訳『海潮音』より）

“Pippa’s Song” とか、“Pippa’s Morning Song” とかと、いろいろに題がつけられますが、本来は戯曲のなかで Pippa という少女がうたう歌であって、題などないのです。それがこの歌だけアンソロジーに採られる時、題をつけられた。日本では上田敏の訳詩集『海潮音』（1905、明治 38 年）に収められた「春の朝」によって知られます。これがまた、原文に忠実な翻訳なのに名訳で、私は本書を一種の対訳詩集にもしたくて、いかに拙くとも私流の原文忠実訳をつける方針で通しているのですが、この詩だけは上田敏訳におまかせすることにしました。

『海潮音』は『若菜集』のわずか 8 年後の出版ですが、藤村の単純なロマン派的心情の吐露に飽き足りず、もっと複雑微妙な感情を「幽婉奇聳の新声」（「序」）をもって表現する詩風を導入しようとしたものです（象徴詩を導入する絶大な力ともなりました）。しかし、この「春の歌」は、単純な原詩の表現をほとんどそのまま日本語に移して、『海潮音』を代表する名訳とされてきています。私のようなシンプル派には嬉しいことです。

ちょっと詩形を見てみましょう。全 8 行、弱強弱 2 歩格、英語で amphibrach dimeter という珍しい形が主体になっているようですが、大幅に不完全、というか自由な形です。しかし韻は abcdabcd と踏んで、各行が短いだけに効果的です（翻訳は初め 2 音 3 音をくり返していたが、真中の 3 行で 5 音を重ねて簡古の味を出し、最後の 2 行で少し長く 2 音 3 音 5 音を入り混じえて締めくくる。素朴さの中に、一個所も隙がない気がします）。

内容を見れば、「空に知ろしめす」神をたたえて終わる詩ですから、宗教詩と言うべきかもしれませんが、表現の簡潔さに支えられて、宗教詩の抹香くささはまったくありません。上田敏も自然をうたった抒情詩のような気分で訳したのではないでしょうか（ブラウニングの信仰心を強調した解説を訳詩に付してはいますが）。しかしこの一見の簡潔さに私はブラウニングの詩技の卓抜さを感じ、表面的にはほとんど見えない「生」の歌とこの詩を受け止めるのです。

ロバート・ブラウニング（1812 ～ 89）は Alfred Tennyson（1809-92）と並んで、イギリスのヴィクトリア朝を代表する詩人とされています。が、テニソンは早くから名声を博し、1851 年にはワーズワスの後を継いで桂冠詩人に挙げられたのに対し、彼は詩集 *Men and Women*『男たちと女たち』1855）出版まで世に埋もれていました。テニソンはヴィクトリア朝の道徳や趣味を多くの人に受け入れられる整った句調で巧みに表現したのに対して、ブラウニングはその道徳や趣味の内側に入り込み、激しく、あるいは徹底して表現しようとしたと言えるように思います。たとえばテニソンは代表作と言える *Idylls of the King*（『国王牧歌集』1859-85）で、アーサー王とその騎士たちの活動をヴィクトリア朝の倫理感に合う形の idylls（牧歌、物語詩）に仕立てましたが、ブラウニングはむしろ劇詩の形を用い、登場人物の内面を深く探っていこうとしました。劇的独白 dramatic monologue が彼の最も得意とした表現形態と言えます（『男たちと女たち』はその成果です）。ただ、その心理探究や性格描写の徹底のために内容も表現も難解となり、ブラウニングというと「晦澁」の言葉がついてまわったのです（彼は小説の分野でヘンリー・ジェイムズがしようとしたことに近づいていたんじゃないでしょうか、30 年も 40 年も早くです）。しかし、では、この “Pippa's Song” の明快さは何ごとか?

これは実はブラウニングの初期の劇詩 *Pippa Passes*（『ピッパが通る』1841）の中で、ピッパという少女がうたう歌なのです。初期の作品なので、ブラウニングとしては単純な内容のように思えますが、なかなかそうでもない。いろんな解説でピッパは「可憐な」少女とされ、この歌を「なんの屈託もなく」うたうとされているのですが、本当に作品を読んだ上での意見でしょうか。

作品の舞台はイタリアのAsoloという田舎町（ブラウニングは早くからイタリアに親しみ、自分より有名な詩人だったElizabeth Barrettと熱烈な恋愛をし、ひそかに結婚してイタリアに逃れ、それ以後は、ほとんどイタリアを離れませんでした）、時は新年の元旦。絹紡績工場で働く少女ピッパが、朝、目覚めた時の長い独白（214行）が作品のintroductionなんですが、これがなかなか一筋縄ではいかない。彼女はたぶんまだベッドの中で、ああ夜が明けてきたなあとか何とかいろいろ思う、そういう意識が、登ってくる太陽の感じと重なって表現されます。それから、自分は今日1日しか休みがない、だからこの時間を一瞬といえども浪費したくない、変幻する天気のすべてを自分のものにしたい、昨年の悲しみは大みそかの昨夜に投げ捨てたけれども、明日またそれはやって来る、で、自分はあなた（この1日）の力を借りて、新年の悲しみに立ち向かいたい。こんな思いを吐露しているうちに、彼女はあることを思いつくんですね。自分の貧しさと対照的な、このアソロで最も幸せな4組の人たちに、「生」の試練を与えたらどうなるか、その結果を見てみたい、というわけです。すぐにその4組の名を具体的に挙げるのは、彼女が普段、羨みや妬みをもって見ていたからなんでしょうね。それからさらに、彼女の意識はえんえんと綴られていきます。身近の花に向かって "I am queen of thee, floweret!" と言い、"Love thy queen, worship me!" と命じもします。自分が幸せな4組の人になったと空想し、そうするとその幸せに対して嫉妬はしない、不平は言わない、と決心したりもする。思いはあっちへ行き、こっちへ来るわけで、作者は明らかにあの単純明快そうな歌の背後に複雑な「生」の現実を配しているのです。

こうしてようやく劇詩は本文に入る。第1幕、朝ですね。幸せな4組のうちの第1組の様子だけ少し詳しく見ることにしましょう。町の郊外の山腹の木造の家。豊かな絹商のLucaの妻Ottimaが、愛人の Sebald と言い争いをしています。この前日、二人は二人の愛の邪魔になった Luca を殺したばかり。が、殺してみると二人の間に新たな嫉妬感情が生まれて来たりして、Luca の死体をどうするかということで言い争っているのです。が、かつて二人が愛し合った嵐の夜の回想話になると、Sebald は Ottima の魅力をあらためて感じ直し、“My great white queen” などと彼女を呼ぶ始末。と、その時、外からピッパの歌が聞こえてくるのです。とくにその “God’s in his heaven” の句を聞いて、Sebald の目から Ottima の魅力は一挙に消え、彼は自分の行為の償いをすると言って自殺します。それを見て Ottima も、罪はすべて私にありますと言い、さらに “Not me – to him, O God, be merciful!” と言って自殺する。ここで劇は次の情景に移るわけですが、第 2 幕以下も、幸せなはずの人たちがそれぞれ悪や不幸をかかえており、それがピッパの通っていったことによって、それぞれの形で正されるといった筋立てです。最後にピッパは自分の部屋に戻り、自分が今日、何をしたか知るよしもなく “No doubt, some way or other, hymns say right.” と言って眠りにつきます。

『ピッパが通る』は登場人物の心の展開をこまやかに追跡しますが、ストーリーの展開は目茶苦茶で、とても上演できるものではありませんでした。ピッパの「生」と 4 組の人たちの「生」とのからみ合いが作品の主題と言えそうですが、それもこまかく見れば複雑で微妙です。ロマン派的な自然さの謳歌《おうか》ではない。まさに人生を real に見ようとしています。ピッパ自身も決してロマンチックな少女ではない。人間の夢も欲望も弱さもたっぷり持った普通の少女です。だから元旦に 1 日中歩いても、“I wandered lonely as a cloud” といった歩きではまったくない。どこかで真剣に歩いているのです。そして自分が歩いてうたった歌がほかの人たちにどんな影響を与えたかも知らない。が、自分の歌を hymns と呼び、とにかくそれは正しいと言いながら眠りにつく。最後のところで「神の道」を正しいと信じているわけですね。

上田敏が『海潮音』中の解説で強調するブラウニングの「楽天説」なるものは、人生いろいろ迷い歩いた果ての到達点であったように、私には思えます。ピッパもそれをやっているわけで、人生の余分な要求、要素をいっさい捨象したあげく、明快きわまりない歌を生み出した。そしてその歌を一種の狂言回しとすることにより、「晦澁《かいじゅう》」な戯曲も生気を得た、と言えるかもしれません。そんなさまざまな意味を重ねて、私はこの歌を「生の歌」、それも素晴らしい「生の歌」と受け止めるのです。

5 生の歌（2）

H. D. Thoreau 1856年（39歳）、
彼を撮った最初の、
そして最も有名な写真の一つ。

自分の「生」はどうであるか、どうでありたいか、あるいはさらに人間の「生」はどうなっているか、といったような思いをうたった詩を、今度はアメリカに探ってみたいと思います。もちろんこの種の思いは誰しも抱くものであって、イギリス詩人とアメリカ詩人の間に根本的な違いなどあるはずはありません。しかしうたい方に微妙な、場合によっては深遠な違いがあるような気もいたします。はっきり言葉には言えませんが、なんとなくそれを感じ、受け止めることは、詩を読む楽しみの一部だと思います。で、アメリカの詩からも、まず、「生」の緊張とか高まりとかの状況をうたって、私には非常に好ましい作品の実例を取り出してみることにしましょう。

Henry David Thoreau Track 11

"My books I'd fain cast off, I cannot read"

My books I'd fain cast off, I cannot read,
'Twixt every page my thoughts go stray at large
Down in the meadow, where is richer feed,
And will not mind to hit their proper targe.

Plutarch was good, and so was Homer too,
Our Shakespeare's life was rich to live again,
What Plutarch read, that was not good nor true,
Nor Shakespeare's books, unless his books were men.

Here while I lie beneath this walnut bough,
What care I for the Greeks or for Troy town,
If juster battles are enacted now
Between the ants upon this hummock's crown?

Bid Homer wait till I the issue learn,
If red or black the gods will favor most,
Or yonder Ajax will the phalanx turn,
Struggling to heave some rock against the host.

Tell Shakespeare to attend some leisure hour,
For now I've business with this drop of dew,
And see you not, the clouds prepare a shower,—

本なんか捨てちゃいたい、読んじゃいられぬ

本なんか捨てちゃいたい、読んじゃいられぬ、
ページをめくるごとに、ぼくの思いは
もっと豊かな糧《かて》のある牧場へふらふらとさまよい出て、
本来の目標に向かおうとしない。

プルタークは立派だった、ホメロスも、
シェイクスピアの生涯はもう一度生きてもいい豊かさだ、
けれどプルタークが読んだものは立派でも真実でもない、
シェイクスピアの本もだよ、その本が人間なら別だけど。

ここでこのクルミの木の下にねそべっていると、
ギリシャ人やトロイの町のことなどどうでもよくなる、
もしこの丘の頂きで蟻たちがいま
もっと立派ないくさをしているのなら。

ホメロスに待つように言ってくれ、戦争の結果が分かるまで、
赤軍と黒軍のどちらを神が好みたもうか、
岩をもち上げて大軍に向かおうとしている向こうの勇士が
敵陣を撃ち払うかどうか分かるまで。

シェイクスピアにも暇な時を待つようにと告げてくれ、
ぼくはいまこの露のしずくに用があるのだ、
それに、ほら、雲が夕立の準備をしている、——

I'll meet him shortly when the sky is blue.

This bed of herd's grass and wild oats was spread
Last year with nicer skill than monarchs use,
A clover tuft is pillow for my head,
And violets quite overtop my shoes.

And now the cordial clouds have shut all in,
And gently swells the wind to say all's well,
The scattered drops are falling fast and thin,
Some in the pool, some in the flower-bell.

I am well drenched upon my bed of oats;
But see that globe come rolling down its stem.
Now like a lonely planet there it floats,
And now it sinks into my garment's hem.

Drip drip the trees for all the country round,
And richness rare distills from every bough,
The wind alone it is makes every sound,
Shaking down crystals on the leaves below.

For shame the sun will never show himself,
Who could not with his beams e'er melt me so,
My dripping locks,—they would become an elf,
Who in a beaded coat does gayly go.

彼には青空になったらすぐ会うよ。

この牧草とカラス麦のベッドは
去年、王室のベッドよりも入念にのべられた、
クローバの束《たば》がぼく用の枕、
スミレは靴よりもだんぜん気持ちいい。

そしていま雲は真心をもってすべてを閉じこめ、
風はそっと吹き起って万事好調だと告げ、
あちこちにしずくがさっと落ちてくる、
水たまりにも、花房の中にも。

ぼくはカラス麦のベッドでびしょぬれだ、
でも見ろよ、あの水玉が茎をころげて降りてくる、
ぽつんと遊星みたいに漂うかと思うと、
ぼくの服のへりにしみ込んでくる。

ぽたぽたと木々は見渡す限りしずくをたらし、
まれに見る豊かさがあらゆる枝からしたたり落ち、
風はひとりであらゆる音を立てている、
水晶の玉を下の葉にふるい落として。

恥ずかしくて太陽は姿を見せられないだろう、
その光でぼくをこんなにうっとりさせられなかったのだから、
水びたしのぼくの髪は—— よく似合うだろう、
ビーズ玉の上衣を着てうかれ歩く妖精に。

ヘンリー・デイヴィッド・ソロー（1817 ～ 62）はここで説くまでもなく、アメリカのロマン派の大先覚と言うべき思想家です。ネイチャー・ライティングの始祖、あるいは教祖でもあります。そして私は本質的に詩人でもあったと思っています――詩人としてはそれほど有名ではありませんが。やはり詩人的本性を持っていたと私の思うエマソンは、ソローの詩をあまり評価していませんでした。それでもソローは超絶思想家たちの雑誌 *The Dial* に、熱心に詩を寄せていました。この詩は同誌の 1842 年 10 月号（Margaret Fuller の後を継いでエマソンが編集者になって間もなく）に “The Summer Rain” と題して寄稿、後に自伝的な雑文集 *A Week on the Concord and Merrimack Rivers*（『コンコード川とメリマック川の一週間』1849）に収めたものです。

内容は、まとめて言ってしまえば、本なんて読むより自然を直接読むことの方が、わが心身を豊かにしてくれる、といった思いです。と言うとすぐにワーズワスの有名な詩 “Expostulation and Reply”（「忠告と返答」）と “The Tables Turned”（「テーブル回転」「発想転換」）――ともに『抒情歌謡集』の巻頭に収められ、内容的にその要《かなめ》をなすと見なされる――との共通性が指摘されるに違いありません（ソローはワーズワスのことをあまり多くは語っていませんが、よく読んではいたようです。影響関係はよく分かりません）。しかし、内容は似ていても、うたい方はまったく違う。そして私はソローの方に「アメリカ的」なものを強く感じるのです。

たとえば “The Tables Turned” は、庶民的な ballad meter を用いていますが、整然とした詩形で、「文学的」な表現もふんだんに用いています（“One impulse from a vernal wood / May teach you more of man” など）。しかしソローの方は、うたい出し（第 1 連）こそ fain とか targe とか古風な単語が出て来ますが、次第に口語的になり、iambic pentameter（英詩のリズムで最も基本的な弱強５歩格）に乗りながら、それを勝手に破りもして、口語的表現が躍動して進みます。そしてうたい方は具体的です。何よりも素晴らしいのは、自然の尊重といった思いを自分の行動を通して直接的に表現していることです。その表現はトール・テール（大げさ話）的にまでなり、ユーモアをみなぎらせてもいます。結びの方では詩人自身が雨に打たれ、水びたしになって戯れている―― そのユーモラスな姿自体が「詩」になっています。一言で言って野放途《のほうず》なうたい方です。野放途という言葉はしばしば悪い意味に用いられるようですが、私は「自由」の果てのよい意味に用い、ソローはその「生」においても「詩」においても野放途であったと思うのです。

こういう野放途さはありますが、なにしろソローは非常に教養人ですから､古典文学などへの言及をいろいろとしています。しかしおちゃらけた言及ですから、解説は省くことにしましょう。

最後の、雨で頭から水びたしになった自分の姿を妖精のようでしょうなどと言うあたり、さすがにちょっと子供じみていて、「詩」としての風格に欠けるみたいです。またこの作品､うたい出しと結末とがまったく違って、「詩」としてのまとまりに欠けるようにも思います。しかしこの詩は、自然をうたっているようではありますが、ワーズワスの詩よりももっと直接的に「生」をうたっています。自然を通しての「生」の喜び―― それを実に生き生きとうたっていると思います。最後の子供じみたうたい方も「生命」があふれていて、私は「神韻」を感じます。

さて次に、同じく「アメリカ的」ではありますが、はるかに入念なうたい方によって「神韻」をただよわせている「生」のうたを挙げましょう。

Stopping by Woods on a Snowy Evening

Whose woods these are I think I know.
His house is in the village though;
He will not see me stopping here
To watch his woods fill up with snow.

My little horse must think it queer
To stop without a farmhouse near
Between the woods and frozen lake
The darkest evening of the year.

He gives his harness bells a shake
To ask if there is some mistake.
The only other sound's the sweep
Of easy wind and downy flake.

The woods are lovely, dark and deep,
But I have promises to keep,
And miles to go before I sleep,
And miles to go before I sleep.

雪の夕方、森のそばに立ち止まり

この森が誰のものか、わたしは知ってるつもりだ。
けれどその人の家は村の中だから、
気づくことはないだろう、わたしがここに立ち止まり
森に雪が降り積もるのを眺めてるなんて。

わたしの小馬は変だと思っているに違いない、
近くに農家もないのに立ち止まるなんて、
森と凍った湖のあいだに——
一年中で一番暗い夕方に——

馬は馬具の鈴をひとふり揺すって、
何かの間違いじゃないかと訊ねる。
それ以外に聞こえるのは、
おだやかな風と綿雪の吹き抜ける音だけ。

森は美しく、暗く、深い、
けれどわたしには果たすべき約束があり、
眠る前に行かねばならぬ何マイルもの道がある、
眠る前に行かねばならぬ何マイルもの道がある。

ロバート・フロスト（1874～1963）は、多くの詩がニュー・イングランドを題材とし、ニュー・イングランドを代表する詩人と見なされています。しかし、生まれたのはカリフォルニアで、11歳の時、父が死んだのでニュー・イングランドに移り、母の手で育てられます。いろんな学校で学び、いろんな仕事についた後、ニュー・ハンプシャー州で農業やら教職やらに従事しながら詩を書きました。1912年（38歳！）、一大決心のもと（と思います）家族を連れてイギリスに渡り、*A Boy's Will*（『少年の心』1913）を出版、さらに第2詩集 *North of Boston*（『ボストンの北』1914）によって英米の批評家に広く評価されます。それからニュー・ハンプシャーに戻り、農場を買い増したり、あちこちの大学で教えたり、原稿収入があったりして、詩人としては恵まれた生活を送ることになります。この経歴からも想像つくように、フロストはソローなどと違って、幅広く世間の苦労をして常識を養った人で、決して超俗の哲人ではありません。詩人としても、最初の詩集の成功に自足してしまう人ではなく、常に新機軸の開発を目指していました。

"Stopping by Woods..." は最初 *The New Republic* というオピニオン週刊誌（1923年3月7日号）に発表され、同年詩集 *New Hampshire* に収録されたものです。その作成事情については Lawrence Thompson による authorized biography（当事者公認の伝記）と称する *Robert Frost, A Biography*（3 vols., 1966-77; 1 vol. ed., 1981）が、こんな見てきたような叙述をしています。1922年7月のある夜、ほかの者が全部ベッドについた後、フロストはダイニング・テーブルでニュー・ハンプシャーをテーマとする詩を書き出した。南部から来た貴婦人が北部の営利主義を軽蔑するようなことを言うのだが、その態度にこそ俗物性があふれている、というようなことから書き始め、一晩中夢中になって執筆、413行の長詩 "New Hampshire" を一気に仕上げた。それから夜明けになって外に出、朝露にぬれた草を踏んで立っていたが、さらに書きたいことが残っているかのように、「夢遊病者の如くに」居間を通り抜けて食堂に戻ると、またペンを取り上げて、7月の夜明けとまったく無関係な詩 “Stopping by Woods...” を書き上げた、と言うのです。

“New Hampshire” の方は語り口調の、のんびりした詩形であるのに対して、“Stopping by Woods...” の方は平俗な iambic tetrameter（弱強4歩格）で通しながら、脚韻は aaba / bbcb / ccdc /dddd という非常な入念さで構築、全体を引き締めています。で、こういう対照的な2作品を中心にしてフロストは新しい詩集を作ることを思い立った、と Thompson は言います。ことの真否は分かりませんが、フロストが大胆さと慎重さを織り混ぜながら新境地を切り開いて行く詩人だったことは、このエピソードからも思い知らされます。

ここでまたワーズワスの詩の姿勢とフロストのそれとを比べてもみたい。“I wandered lonely as a cloud” がもっぱらロマンチックな感情 —— 自然の感動がいつまでも自分の心を躍らせる思い —— をうたっていたのに対し、こちらは自然と社会との関係が正面に大きく出て来ていて、内容の展開ははるかに複雑です。複雑ですが、決して重苦しくはない。むしろ一種の軽快感がある。そこがフロストという詩人の一筋縄ではいかぬところです。

第1連、Whose woods these are のうたい出しで、すでに社会的な人間関係がテーマとして出てきます。単に森だけをうたっているのではなく、森と村、自然と社会の関係がうたい込まれているのです。詩人は I think I know と言いながら、事実は知らぬ顔の半兵衛をきめ込んでいます。が、第2連で馬車を引く小馬が登場、これがむしろ主役を担います。第3連の 1-2 行目で、詩人に向かって自分のいる状況を自覚するようにうながすのです。これが実にユーモラスです。だが次の 3-4 行目で、詩人は何の行動も起こさず、静かなまま。そして第4連で、詩人の思いが語られるのです。1行目 “The woods are lovely, dark and deep" と言った表現の見事さ。lovely は普通の形容ですが、dark は雪が積もっている森の感じとしてはいささか異様で、deep と来ると森が一挙に精神性を帯び、「詩」になります。ところが、次の 3 行は自分がこの森から去って行く思いを述べる。しかもその思いの中身たるや、なんだか弁解のようで、意味不明ですが、意味深長のようでもある。この詩人を一筋縄ではいかぬと言ったことの極点は、ここに集中します。

当然のことながら、この第 4 連の「意味」が問題にされ、批評家たちの議論も集中しているようです。「果たすべき約束」「眠る前に行かねばならぬ何マイルもの道」とは何か、ですね。この詩を真正面から、昂揚した魂の表現と見る人は、「眠る」とは窮極的には「死」を意味し、その前に「行かねばならぬ道」とは人生の道と受け止めるようです。そうすると「約束」とは、人生で果たさねばならぬ責務といったことになりますね。私にも納得できる解釈です。が、まったく別の解釈に出会いもするのです。先に紹介しました authorized biography の著者 Lawrence Thompson は、フロストがこの詩を書いた時の記述に続けて、この「約束」の実体について、「芸術家たろうとしている自分自身への約束」とか、妻や家族への約束とか、さらには「自分にいろいろ要求してくる第三者への腹立たしい約束」とか、いろいろ挙げています。「伝記」作者は、「詩」の読者とは違う発想をするものなんだなあと感心させられます。

しかし、「詩」として大事なのは、作者フロストがこのように多様な解釈を可能にする、含みのある表現をしたということ自体にある、と私は思います。詩人は promises とか miles to go とか、何でもない普通の言葉を、計算しぬいて用いているに違いありません。「生」に対処する複雑な思いを抒情の中に収斂してしまう、この詩人の得意な術の一端です。

フロストの表現の見事さに関連して、もう一つのエピソードを紹介しておきたいと思います。William H. Prichard 著 *Frost: A Literary Life Reconsidered*（1984）という本は、Thompson の authorized biography にいちゃもんを付ける意味で Reconsidered と題したと思いますが、これによりますとフロストは 1962 年、Ford Forum における彼の生涯で最後の公けの集会に出席した時、聴衆に向かってこう語ったそうです。この詩を書いていて最も喜びを感じたのは、the effortless sound of that couplet about the horse だ、と。（第 3 連で、小馬が鈴を振って何かの間違いじゃないですかと訊ねたところの表現で、shake と mistake で見事な韻を踏んだことを指しているのでしょう。）フロストは、この詩の「意味」について読者が重々しい議論をしてくれるよりも、この詩の「表現」そのものを楽しんでくれることを望んでいたんじゃないかと Prichard は言っていますが、これについては私も賛成です。

人間関係とか社会関係とかいろいろある中での、まったく何でもない「生」の出来事―― 一頭立ての小さな馬車を御して行くうちに森のそばに通りかかり、ちょっと止まって森を眺めた、というだけのことを、一幅の絵のように描いて見せた詩ですが、自然、人、馬、そして人の心を、まったく何でもないふうに小出しして「詩」に仕立て、冬至の頃の（ニュー・イングランドですから）ものすごい寒さの中でのことなのに、少し暖かみのようなものを醸《かも》し出しています。控えめの表現ですが、ユーモアがあり、未来への含みもあって、名人芸とはこういうもんだなあと思います。

Robert Frost

6

動物をうたう(1)

銅版画による Blake の詩 “The Tyger”
(*Songs of Experience* より)

「生」が呼び起こすさまざまな感情や感動が「詩」のもとになることは分かったと思います。そういう感情・感動は、しばしば「生」が「自然」と接する時に生じたものでした。いのちは自然から生まれ、自然から力を得るものですから、当然のことでもあります。

さてその自然の、人間にとって一番親しく目につく現象は植物です。植物が詩の最も手近なテーマとなるのも、当たり前のことでしょう。日本の和歌でしたら四季の草木は、新年の若菜から始まって、春の梅、桜、夏の青葉、秋のもみじと、もう定番のようになっています。イギリス詩では、作品のタイトルとなっている植物を思い浮かべるだけでも、水仙 daffodil(ワーズワスの “I wandered lonely as a cloud”)、ヒナギク daisy(バーンズの “To a Mountain Daisy”)、ポプラ poplar(ウィリアム・クーパーの “The Poplar-Field”)、あるいはバラ(後から取り上げたいと思うバーンズの “A Red, Red Rose”)といった具合に際限がありません。アメリカ詩では、かつて私は『アメリカ名詩選』という小さな文庫版詩集を友人と作った時、やはりロマン派前期からほんの数篇を選んだ中に、スイカズラ honeysuckle（Philip Freneau, “The Wild Honey Suckle”）、オダマキ columbine（Jones Very, “The Columbine”）をうたった詩を入れていました。詩人はこれらの植物をうたいながら、ふる里を思い、人生を思うわけです。

しかし本書では、動物をうたった詩に的をしぼることにしました。植物という静止したものをうたう時、詩人は瞑想的になりがちですが、動物をうたう時はその動きに呼応して、いわば精神的にも活発な動きを見せ、詩の面白さを語りやすい場合が多いのではないか、と勝手なことを思ってのことです。

動物をうたったイギリス詩というと、非常に多くの人がまずブレイクの “The Tyger”（「虎」）をあげます。ブレイクの抒情詩の代表作とも見なされ、日本でも原詩を暗唱している人によく出会います。

この作品と対になりうる同じくブレイクの詩に、“The Lamb”（「子羊」）もあります。並べて記載しておきましょう。

William Blake Track 13

The Tyger

Tyger! Tyger! burning bright
In the forests of the night,
What immortal hand or eye
Could frame thy fearful symmetry?

In what distant deeps or skies
Burnt the fire of thine eyes?
On what wings dare he aspire?
What the hand dare seize the fire?

And what shoulder, and what art,
Could twist the sinews of thy heart?
And when thy heart began to beat,
What dread hand? and what dread feet?

What the hammer? what the chain?
In what furnace was thy brain?
What the anvil? what dread grasp
Dare its deadly terrors clasp?

When the stars threw down their spears
And water'd heaven with their tears,
Did he smile his work to see?
Did he who made the Lamb make thee?

Tyger! Tyger! burning bright
In the forests of the night,
What immortal hand or eye
Dare frame thy fearful symmetry?

虎

虎よ、虎！　輝き燃える
夜の森の中で――
いかな不滅の腕や眼《まなこ》が
お前のすごき均整を造り得たのか？

いかな遠くの深淵や天空で
お前の眼の焔は燃えていたか？
いかな翼でお前の造り主《ぬし》は天に昇り
いかな手でその焔を捉えようとなされたか？

そしていかな肩、いかな術《わざ》が
お前の心臓の筋《すじ》をより合わせ得たか？
そして心臓が脈打ち始めた時、
いかな恐ろしい手が、いかな恐ろしい足が？

いかなハンマーが、いかな鎖が？
いかな炉《ろ》でお前の頭脳を？
いかな鉄床《かなとこ》で？　いかな恐ろしい手が
そのものすごき恐怖を握りしめたか？

星たちが光の槍を投げ下ろし
喜びの涙で天をぬらした時、
主はおのが作品を見てほほ笑まれたか？
小羊を造った主がお前を造られたのか？

虎よ、虎！　輝き燃える
夜の森の中で――
いかな不滅の腕や眼が
お前のすごき均整を造ろうとなされたのか？

William Blake　Track 14

The Lamb

Little Lamb, who made thee?
Dost thou know who made thee?
Gave thee life, and bid thee feed,
By the stream and o'er the mead;
Gave thee clothing of delight,
Softest clothing, wooly, bright;
Gave thee such a tender voice,
Making all the vales rejoice?
Little Lamb, who made thee?
Dost thou know who made thee?

Little Lamb, I'll tell thee,
Little Lamb, I'll tell thee:
He is called by thy name,
For He calls Himself a Lamb.
He is meek, and He is mild;
He became a little child.
I a child, and thou a lamb,
We are called by His name.
Little Lamb, God bless thee!
Little Lamb, God bless thee!

小羊

かわいい小羊、お前を造《つく》ったのは誰?
お前を造ったのは誰だか、知ってる?
お前にいのちを与え、餌《えさ》を食べさせたのは?
小川のほとりで、草地で——
お前に喜びの着物を与え、
やわらかい極みの、ふさふさの、ぴかぴかの着物を与え、
お前になんともやさしい声を与え、
谷じゅうを喜ばせるようにしたのは?
かわいい小羊、お前を造ったのは誰?
お前を造ったのは誰だか、知ってる?

かわいい小羊、教えてあげよう、
かわいい小羊、教えてあげよう、
その方《かた》の名前はお前と同じ、
その方は自分を小羊と呼ばれるからね——
その方はおだやかで、そして温和、
その方はかわいい子供となられた——
わたしは子供、お前は小羊、
わたしたちはその方と同じ名前。
小さな小羊、神様の祝福を!
小さな小羊、神様の祝福を!

タイトルのTygerはもちろんTigerとあるべきところですが、作者はこの言葉に激しい感情を盛りたくて、こういうスペリングにしたのでしょう。彼はこの詩で、TygerよTygerよと呼びかけながら、その均整のとれた、しかも恐怖そのもののような姿をたたえるのです。しかし、彼がこの詩で一番問題にしているのは、こういう恐怖の化身である虎を造った創造主、つまり神なんです。彼は虎を作り出した神の具体的な姿を想像し、いわばヴィジョン化しようとしています。そして虎の創造の過程で用いた、what immortal hand or eyeといった神の身体から、what the hammer, what the chainといった神の道具にまで思いを及ぼすのです。そして第5連まで来て、神がこうして創造した作品（つまり虎）にほほ笑まれただろうか（ほほ笑まれたに違いない）と、自分も神と一緒になって喜ぶのです。

すでにブレイクという人について、スウェーデンボルグにならった神秘家で、自分を天の使いと交わるvisionaryだと呼んでいたことを紹介しました。そのためこの作品についても、ブレイクが見た宗教的ヴィジョンの産物として、聖書の場面や章句と結びつけた解釈が多くなされています。それはそれで面白いかもしれません。しかし私はこれをあくまで「詩」として受け止め、「詩」として味わう姿勢です。ということは、作品を言葉に即して理解し、味わう姿勢です。

第1連、1行目で虎よ虎と呼びかけた後、burning brightと言うのは、4行目のfearful symmetryと呼応して、明かに虎の全身の形容です。ところが第2連へ行くと、burning brightは虎の眼の形容だったのではないかとも思えてきます。あるいは、最初は虎の全容を見ていた作者の眼が、虎の眼に視線を集中してきたとも受け取れます。が、もっとすごいのは第3連以下、その視線が虎の内部、心臓heart、頭脳brainへと深まっていくことです。それらは肉眼では見えないものですから、ヴィジョンと言えますが、現実のものでもあります。

そこで第5連で、視野が一挙にひろがり夜空の星の描写に移ります。この最初の2行で、星たちが「槍を投げ下ろし、涙で天をぬらした」というのを、神が「創造の仕事が終わってほっとして涙を流す」とする解釈がありますが、神がそんなふうに涙を流すものでしょうか。虎から天上に視線を転じると、星が輝いて光の槍を投げ、夜空にきらきらと涙のように散らばっていた、という実景の形容と見た方がよいと思います。宗教性の強い詩には違いないが、私はこれをあくまで「詩」として楽しみたい。

この第5連の4行目に、「小羊を造った主がお前を造られたのか」と問いかけるところがあります。ブレイクには“The Lamb”（「小羊」）と題する有名な詩もあるのです。「虎」よりずっと易しい詩ですから、言葉の説明は省きます。楽な気持で読んでみて下さい。

小羊は言うまでもなく、soft clothing を着て tender voice で泣き、谷じゅうを喜ばせる、無垢なる動物です。ここでも作者が問題としているのは、そういう小羊を造った者、つまり神で、その神が小羊と同じく meek で mild な存在だと言うのです。まことにシンプルな内容のようですが、表現は極めて入念になされており、味わい深い作品となっています。

この詩“The Lamb”は詩集 *Songs of Innocence* に収められ、“The Tyger”は *Songs of Experience* に収められていた、あの“Infant Joy”および“Infant Sorrow”と同じような対照をなしています。しかもブレイクにとって重要なのは、同じ創造主が両方を造り出したことです。同様にして重要なのは、同じ詩人が両方の詩を作ったことです。おだやかな生を信じる人と、激しい生を重んじる人とが、ともに詩人ブレイクの詩の世界をつくり、それぞれにふさわしい表現をくり広げて見せてくれているのです。

7

動物をうたう(2)

ブレイクの「虎」も「小羊」も、彼の思想というか感情というかを直接的に反映した動物で、その存在の意義が正面からうたい上げられています。言葉の迫力によって、その存在は目に見えるような気がします。が、その実、具体的な姿はほとんどまったく描かれていません。(「虎」について言えば、その全身が、あるいはその眼が burning bright と描かれているだけです。ほかに心臓や頭脳も言及されますが、これは外から見えないものですから、具体的な描写ではありません。余分な話ですが、詩集 *Songs of Experience* でブレイクがこの詩とともに画いた虎の彫版画は、虎というよりまるで大きな猫のようです―78 頁参照)。そしてまた虎も小羊も、その存在の背景となるものはまったく描かれていません。つまりこれらは抽象的というか、ひたすらに作者の情念によってうたい上げられたものなのです。

さて、ブレイクの後、イギリスのロマン派詩人たちは、たぶんブレイク以上に動物をうたったすばらしい詩を作って見せてくれています。

たとえばバーンズのスコットランド語による“To a Mouse”(「二十日鼠に」)、コールリッジによる信天翁《あほうどり》をうたった怪奇譚詩“The Rime of the Ancient Mariner”(「老水夫行」)、ワーズワスの“To the Cuckoo”(「カッコーに」)、キーツの“Ode to a Nightingale”(「ナイチンゲールの賦」)、シェリーの“To a Skylark”(「ひばりに」)といったふうに、名作と言われる作品が次々と思い浮かんできます。が、例の「『抒情歌謡集』の序」で言うように、日常の世界をシンプルな言葉でうたおうとはしましたが、内なる心を重んじることを身上とするあまりに、ブレイクが虎も小羊も神に由来すると見たのと同様、それぞれの動物に何らかの精神の反映を見てうたう傾きが強いんですね。そのためカッコーにしろナイチンゲールにしろひばりにしろ、みんな妙に重々しい存在になっています。

ここでちょっと目を転じて、あの「斜め」の声の詩人エミリ・ディキンソンが動物をうたった詩を見てみたい。彼女は上に名をあげた詩人の中で一番若いキーツよりも35年若く、はるかに詩の後進国であるアメリカで育ちました。どうやらキーツを敬愛していたようですが、イギリス・ロマン派の「詩的」な味わいとはだいぶ違う味わいの詩を作っていました。

Emily Dickinson Track 15

"A Bird came down the Walk—"

A Bird came down the Walk—
He did not know I saw—
He bit an Angleworm in halves
And ate the fellow, raw,

And then he drank a Dew
From a convenient Grass—
And then hopped sidewise to the Wall
To let a Beetle pass—

He glanced with rapid eyes,
That hurried all around—
They looked like frightened Beads, I thought—
He stirred his Velvet Head

Like one in danger, Cautious,
I offered him a Crumb
And he unrolled his feathers
And rowed him softer home—

Than Oars divide the Ocean,
Too silver for a seam—
Or Butterflies, off Banks of Noon
Leap, plashless as they swim.

小鳥が道をやって来た——

小鳥が道をやって来た——
わたしの見てるのも知らないで——
ミミズを半分に噛み切って
食べちゃった、生《なま》のまま、

それから露をひとすすり
手近の草に口を寄せ——
それから塀の方に横っとびした
甲虫《かぶとむし》を通してやるため——

いそがしい目で見まわした
きょろきょろと四方八方——
おびえたガラス玉のような目だった——
ビロードの頭がぴくっと動いた

危険にさらされた者のように、用心深く——
わたしがパン屑をさし出すと
おもむろに羽根をひろげ
そっと家路に漕ぎ出した——

継ぎ目も見えぬしろがねの海を、
かき分けるオールよりもそっと——
正午の土手から飛び立って、
音もたてずに泳ぐ、蝶よりもそっと。

この詩はカッコーやナイチンゲール、ひばりのような「詩的」な意味を託せそうな鳥と違って、まったく平凡なただの a bird をうたっています。Walk というのは、舗装した街路と違って人が歩いて出来たような小道を指します。そこへ鳥が舞いおりて来て、ミミズをついばみ、草から露をすすったりしながらぴょんぴょん跳びまわっている。で、「わたし」がパン屑をさし出してやると、むしろ用心してそっと飛び立っていく。と、それだけの内容ですが、鳥のその姿を実に軽やかにうたい上げ、しかも作者がその鳥と一体になった感じで、鳥の心の動きまでが人間的に浮き出てきて、実に快い。しかもこの鳥、ミミズを半分にちぎって食う（第 1 連 4 行目の raw「生のままで」が効いています）という、動物の残酷な一面も描き出されています。そのくせ最後の連でそっとゆったり家路につく有様など、おだやかな海を漕ぎ行く小舟や、土手から飛び立つ蝶にたとえられ、見事な余韻を残しています。神とか霊とか魂とか、そういったものへの言及はなく、ただ観察したままをうたっているようでありながら、その観察の「斜め」の表現に奥行きがあり、名人芸の作品となっています。

ディキンソンには、ほかにも動物をうたった詩がたくさんあります。それも多くが身近の動物で、虎や空高く飛ぶ鳥よりもむしろ虫ですね。彼女はアマストの屋敷を出ることがあまりなかったようですが、その屋敷の庭で出会ったものたちかもしれません。蜜蜂を取り込んだ詩が多いのは、そのためでしょう。人が遠ざけたがる蜘蛛なんぞにも、彼女は独得の親近感を示してうたっています。ここではもう1篇、虫ではありませんが、次に取り上げる作品との関係もあって蛇をうたった詩を取り上げてみます。彼女の得意とした「謎かけ詩」の一篇で、ひとことも蛇とは言わずに、奇怪なゾッとするものを何か親しげにうたっていくのです。

この詩は、草むらをかき分けて行く蛇の姿をじっくりうたうというより

ディキンソン邸の小道（the Walk）。
エミリーの住む母屋と、エミリーの兄の住む新屋とをつなぐ道で、
家族は１日に何度も歩いたが、小鳥も愛したに違いない。
（Polly Longsworth, *The World of Emily Dickinson*［1990］より）

Emily Dickinson Track 16

"A narrow Fellow in the Grass"

A narrow Fellow in the Grass
Occasionally rides—
You may have met Him — did you not
His notice sudden is—

The Grass divides as with a Comb—
A spotted shaft is seen—
And then it closes at your feet
And opens further on—

He likes a Boggy Acre
A Floor too cool for Corn—
Yet when a Boy, and Barefoot—
I more than once at Noon
Have passed, I thought, a Whip Lash
Unbraiding in the Sun
When stooping to secure it
It wrinkled, and was gone—

Several of Nature's People
I know, and they know me—
I feel for them a transport
Of cordiality—

But never met this Fellow
Attended, or alone
Without a tighter breathing
And Zero at the Bone—

細長いやつが草むらを

細長いやつが草むらを
ときたま駆けて行きます——
出くわしたことがおあり—— でしょ?
その前ぶれは突然です——

草むらが櫛を入れたように分かれます——
斑点のついた矢が見えて——
それから草むらは足もとで閉じ
向こうへ行って開きます——

そいつは湿った土地が好き
とうもろこしには冷たすぎる床《ゆか》が——
けれど子供の頃、はだしでいて——
わたしは何度か真っ昼間に
通り過ぎた、と思いました、陽をあびて
ほぐれている鞭ひもを
それでかがんで拾おうとすると
そいつは皺を寄せ、消えちゃいました——

自然の住人をいくたりか
わたしは知り合いにしています——
わたしは彼らに感じます
目くるめくまでの親しさを——

けれどこいつに出くわすと
連れがいる時も、ひとりの時も
かならず息がつまります
骨にゼロが走ります——

も、私たちのゾッとする原因である「動き」をうたっています。動かないで日なたぼっこしているときは、whip lash（「鞭ひも」と訳しましたが、鞭の先のしなやかな部分）かしらと思って拾おうとすると、さっと動き出すので、やっぱりゾッとする。そのくせ詩人は、この感じを楽しんでもいるようです。自分はこういう「自然」の住人たちと知り合い、a transport of cordiality（目くるめくまでの親しさ——と大袈裟な表現をしてみせます）を感じると言うのです。そのくせ最後には、このfellowに出会うと必ず息がつまり、Zero at the Bone（骨にゼロ）を感じると、見事にしめくくっています。第3連3行目のwhen a Boyはwhen I was a Boyを縮めたもの。上流の家のお嬢さんである作者がやんちゃ坊主だったようにうたっているところで、こういう姿勢が作品全体を一層生き生きとさせてもいます。

エミリ・ディキンソンは今やホイットマンと並んでアメリカを代表する詩人と見なされ、彼女を研究する人も多く現れています。しかし、彼女は波瀾の乏しい人生を送った人ですから、その生涯の小っぽけな出来事をほじくりまわしたり、その宗教とか思想とかを重々しく論じることに熱心な研究が多く（大事な問題には違いないのですが）、彼女のこういう詩心——たとえば「動物」との間に感じ取った「感動」の展開——、軽快で自在な言葉遣い、そして大胆至極な詩的世界の構築の素晴らしさなどを解き明かしてくれる研究は、まだまだこれからのように思われます。

COLUMN III

謎かけ詩

詩の形で謎かけを楽しむことは、世界中で昔からなされてきたようです。英文学でも例外ではありません。謎かけの面白さの中心は、何らかの事実(fact)を、一見かけ離れた隠喩(metaphor)で表現し、読者の想像力を駆り立てることにあります。たとえば17世紀のいわゆるMetaphysical Poetsは、その種のconceit（奇想）を繰り広げました。そのconceitにわざとらしい嫌らしさを感じる人は、同じ頃から発達した子供の歌Mother Gooseを探ると、楽しい謎かけ作品をいっぱい見出すでしょう。しかしエミリ・ディキンソンの謎かけ詩は、遙かにもっと日常的なテーマについて、生きた言葉で読者を想像の領域に誘い込み、「詩」の世界に遊ばせるのです。

ディキンソンは深窓の令嬢だったのに、"A narrow fellow ..."の詩の中で自分を男の子としてうたったくらいに、活発で、いたずら好きだったようです。謎かけ詩もその産物だった。私の好きな例をもう1篇だけ引いてみましょう。"I like to see it lap the Miles"(わたしはそれが何マイルもなめていくのを見るのが好き)という詩です。「それ」が何か、最後まで明らかにしませんが、機関車なのです。1853年、彼女が住むAmherstの町まで鉄道が延び、初めて汽車が来るのを彼女は見に行った。その機関車をうたったのですが、「それ」は谷をlick up(駆け上がり)、道ばたの掘立て小屋をpeer in(のぞき込み)、complaining(不平をならし)たり、neigh(いなないたり)しながら、最後は「星のように時刻通りに」自分のstable（馬小屋）に止まるのです。機関車のことをiron-horseと言いますが、4行連4つをつらぬいて、この馬、元気そのもののように走って見せました。実に楽しい詩です。これを「産業社会の進展に関する諷刺」などと言う批評もありますが、私は表現そのものを楽しみたいです。

D. H. Lawrence Track17

Snake

A snake came to my water-trough
On a hot, hot day, and I in pyjamas for the heat,
To drink there.

In the deep, strange-scented shade of the great dark carob-tree
I came down the steps with my pitcher
And must wait, must stand and wait, for there he was at the trough
before me.

He reached down from a fissure in the earth-wall in the gloom
And trailed his yellow-brown slackness soft-bellied down, over the
edge of the stone trough
And rested his throat upon the stone bottom,
And where the water had dripped from the tap, in a small clearness,
He sipped with his straight mouth,
Softly drank through his straight gums, into his slack long body,
Silently.

Someone was before me at my water-trough,
And I, like a second comer, waiting.

He lifted his head from his drinking, as cattle do,
And looked at me vaguely, as drinking cattle do,

蛇

一匹の蛇がうちの水汲み場にやって来た、
暑い暑い日で、わたしは暑さのあまりパジャマ姿で、
そこへ水を飲みに行った。

大きくうっそうとした妙な匂いのするサイカチの木の陰、
わたしは水差しを持って階段を降りて行った、
が、立ち止まって、待たなければならなかった、彼が先に水汲み場に来
　　　ておったので。

彼は薄暗い土塀の割れ目を通って降りて来たのだ、
黄と褐色のゆるやかな体を柔い腹に乗せて引きずり、石の水汲み場の端《はし》
　　　を越えてきていた、
そして底の石にのど首を休ませ、
せまい空間の、蛇口から水がしたたっている所で
まっすぐ伸ばした口を寄せてちびちびと、
ゆったり水を飲んだのだ、まっすぐな歯茎からゆったりした長い胴体へと、
黙って。

うちの水汲み場にわたしよりも先客がいた、
それでわたしは二番手らしく待ったのだ。

彼は飲みながら頭を上げた、牛がするように、
そしてわたしをぼんやりと見た、水を飲んでる牛がするように、

And flickered his two-forked tongue from his lips, and mused a moment,
And stooped and drank a little more,
Being earth-brown, earth-golden from the burning bowels of the earth
On the day of Sicilian July, with Etna smoking.

The voice of my education said to me
He must be killed,
For in Sicily the black, black snakes are innocent, the gold are venomous.

And voices in me said, If you were a man
You would take a stick and break him now, and finish him off.

But must I confess how I liked him,
How glad I was he had come like a guest in quiet, to drink at my
water-trough
And depart peaceful, pacified, and thankless,
Into the burning bowels of this earth?

Was it cowardice, that I dared not kill him?
Was it perversity, that I longed to talk to him?
Was it humility, to feel so honoured?
I felt so honoured.

And yet those voices:
If you were not afraid, you would kill him!

そして二つに裂けた舌を口からちらちらと出し、ちょっと思いに沈み、
そして身をかがめてもう少し飲んだ、
大地の燃える内臓からもらった土のような褐色、土のような金色をして、
エトナの山が煙を出しているシチリアの7月。

教育を受けたわたしの声が言った、
彼を殺すべきだ、
シチリアでは、黒色は、黒の蛇は無害で、金色は有害となっているから。

そしてわたしの中で声が言った、もしお前が男なら、
棒を取って今すぐ奴を打ち、くたばらせるはずだと。

けれど言わなくても分かるだろう、わたしがどんなに彼を好きになっていたか。
どんなに喜んでいたか、彼が客らしくそっと来て、うちの水汲み場の水を
　　　飲み、
おとなしく、おだやかに、礼も言わないで、
ここの大地の燃える内臓の中へ去って行くのを。

臆病なのか、彼をよう殺さなかったのは?
異常なのか、彼に話しかけたいと思ったのは？
卑屈なのか、誇らしい気持ちになるのは?
わたしはひどく誇らしい気持ちになっていたのだ。

それでもこんな声が聞こえてくる——
〈怖いのでなきゃ、奴を殺すはずだ!〉

And truly I was afraid, I was most afraid,
But even so, honoured still more
That he should seek my hospitality
From out the dark door of the secret earth.

He drank enough
And lifted his head, dreamily, as one who has drunken,
And flickered his tongue like a forked night on the air, so black,
Seeming to lick his lips,
And looked around like a god, unseeing, into the air,
And slowly turned his head,
And slowly, very slowly, as if thrice adream,
Proceeded to draw his slow length curving round
And climb again the broken bank of my wall-face.

And as he put his head into that dreadful hole,
And as he slowly drew up, snake-easing his shoulder, and entered farther,
A sort of horror, a sort of protest against his withdrawing into that
horrid black hole,
Deliberately going into the blackness, and slowly drawing himself after,
Overcame me now his back was turned.

I looked round, I put down my pitcher,
I picked up a clumsy log
And threw it at the water-trough with a clatter.

本当のところわたしは怖かった、とてつもなく怖かった、
だがそうだとしても、ますます誇らしい気持になっていた、
彼がわたしのもてなしを求めて来るなんて、
ひそやかな大地の暗い扉《とびら》から出て。

彼はたっぷり飲んだ
そして頭を上げた、酔っ払った者のように、夢見るように、
そしてその舌を、二つに裂けた夜のように、まっ黒に、
宙にちらつかせ、唇をなめる様子で。
そして神のように、見るでもなく、宙を見まわし。
そしてゆっくり、大層ゆっくり、
幾重《いくえ》にも夢見るように、
ゆっくりした長い体をまるめるように引っ張り始め、
そして塀の壊れた斜面をまた上って行った。

そして彼があの恐ろしい穴に頭を突っ込んだ時、
そして蛇らしくしなやかに肩をゆっくり引き寄せ、さらに入って行った時、
恐怖のような思い、彼があの恐ろしい黒い穴へと引き下がって行くこと、
悠然と暗黒の中へ、ゆっくり体を引きずって入っていくことへの抗議のような思いが、
わたしを圧倒した、彼が背を向けてしまったあと。

わたしはあたりを見まわし、水差しを地面におき、
しけた棒切れを拾い上げ、
水汲み場に向けてばしっと投げつけた。

I think it did not hit him,
But suddenly that part of him that was left behind convulsed in an
  undignified haste,
Writhed like lightning, and was gone
Into the black hole, the earth-lipped fissure in the wall-front,
At which, in the intense still noon, I stared with fascination.

And immediately I regretted it.
I thought how paltry, how vulgar, what a mean act!
I despised myself and the voices of my accursed human education.

And I thought of the albatross,
And I wished he would come back, my snake.

For he seemed to me again like a king,
Like a king in exile, uncrowned in the underworld,
Now due to be crowned again.

And so, I missed my chance with one of the lords
Of life.
And I have something to expiate;
A pettiness.

それは彼に当たらなかったと思う、
しかし突然、彼のまだ外に残っていた部分はあたふたと痙攣し、
稲妻のように身をよじり、消え失せた、
黒い穴、大地の唇のような塀の裂け目の中へ——
その穴を、烈しい真昼の日をあびて、わたしはうっとりと見つめていた。

そしてすぐわたしは悔いた。
わたしは思った、なんて卑しい、愚劣な、げびた行動!
わたしは軽蔑した、わたし自身を、そしてあの呪われた人間さまの教育の声を。

そして思った、あのアホウドリのことを。
そして願った、彼が帰ってくることを、わが蛇が。

彼はわたしにとってふたたび王に思えた、
地下の世界で王冠を失った流《る》謫《たく》の王、
いまやふたたび王冠をかぶるべき王。

こうして、わたしは主なる者と交わる機会失ったのだ、
生命の主。
わたしには償わなければならぬ罪がある、
卑小の罪。

これは「謎かけ詩」のような軽妙な遊びの詩ではありませんが、どこかでのんびり、ほんわかした遊び、ユーモアがただよう詩です。ディキンソンの詩と同様に、動物の「生」にたっぷり思いをかけ、そのことによって自分の「生」への思いもただよわせる、味わい深い詩になっています。

D. H. ロレンス（1885～1930）は言うまでもなく*Lady Chatterley's Lover*（『チャタレー夫人の恋人』1928）によって知られる小説家ですが、大胆な性描写だけでなく、近代の資本主義や機械文明に真向から挑戦し、原始的生命への回帰の道を探る小説や評論によって、20 世紀初頭のイギリスを代表する作家でした。しかし、彼は同時に第 1 級の詩人でした。人間の根元の魂の声を詩にしようとしたブレイクの姿勢は、アメリカではホイットマンに引き継がれた観がありますが、ロレンスはホイットマンの思想と詩法（完全な自由詩）をイギリスで最もトータルに受け継いだ詩人と言えるでしょう。と同時に、当然、ブレイクの見事な後継者になっているようにも思います。

なお一言付け加えておくと、20 世紀初頭、1910 年代からおよそ 10 年間くらいですが、英米の詩壇でイマジズム（Imagism）という運動がはやりました。その前のヴィクトリア朝の英詩壇が、内なる精神や情熱の奔出をもとにしたロマン主義の革新志向からしだいに形式主義に堕してしまったのに反抗して、詩における修飾的な要素を排除し、日常の言葉を重んじ、明確な映像をもとにした自由なリズムの詩を求める運動を展開したのです。ロレンスはこれにも共鳴するところがあった。ただ、彼は映像の背後にある思想や感情にも思い入れが強く（ホイットマンと同様）、映像豊かだがさまざまな形で思考や感情を展開させる詩も多く作りました。

「蛇」はそういうロレンスの詩の代表作の一篇と言ってもよく、短い詩を主体とする本書にはいささか長すぎますが、あえて収めることにしました。ロレンスはヴィクトリア朝的秩序に生活面でも文学面でも反抗しましたから、みずから国を脱出、ヨーロッパ大陸やアメリカ大陸に一種の精神的「亡命」をして生きた人ですが、1920 年 3 月から 22 年 2 月まで、妻のフリーダと共にイタリアはシチリア島のタオルミーナで、比較的充実した「生」を実現していたようです。おもにこの時期に書かれて、彼の最もすぐれた詩集の一つとなったのが *Birds, Beasts, and Flowers*（『鳥、獣、花』 1923）で、鳥や花に加えて、「福音伝道者的いきもの」（たとえば、大空を飛翔する鷲である St. John 聖ヨハネの面影、等々）から蚊や魚やカンガルーや羊や山羊や、たくさんの爬虫類まで、あらゆる動物を通して原初の生命にふれ、汎神論的神秘主義のようなものを押し出しながら、現代の文明への批判をうたってみせています。「蛇」はそのうちの見事な一篇なのです。

ロレンスはタオルミーナで、フォンタナ・ヴェッキア Fontana Vecchia（古い泉）という名の別荘を借りて住みました。そこには水道設備がなかったので、彼は約 100 メートル離れた水汲み場まで、水差しを持って行くのが常だったと言います。この詩はその生活がもとになっており、たぶん事実をほとんどそのまま詩にしているように思われます。ただ、その水汲み場で出会った「先客」たる蛇の「王」のような動きに衝撃を受け、自分の「卑小」を恥じるまでの、一連のゆったりとした「語り」には、文明に毒された「生」から本来の「生」回復への思いが内包されていて、ロレンスの伝記上のエピソードとされるくらいに興味津々です。しかも自由な詩形によるのびやかな「語り」の展開に加え、イマジニズム詩人だった彼の詩法も見事に生きていて、全体的に、蛇の姿も作者の姿も、その心の動きとともに目に見るように活き活きとうたい上げられています。

明快な言葉遣いに終始していますが、ほんの少し説明を加えてみましょう。第 2 連で、水汲み場へ行った「わたし」が待たなければならなかった、何故か?と思わせるところから、詩的緊張が始まります。

蛇という「先客」がいたからです。そこから、その蛇の姿と行動が、まさにイマジズム風に表現されていきます。第 5 連で牛の動作と比べられますが、人間の動作も匂わされていて、ユーモラスです。第 6 連で my education の声が出、第 7 連でそれに呼応する voices in me が出、第 8 連でそういう声（文明に支配された声）に反する「わたし」の自然な情が表現され、第 9 連で、そういう自然の情は cowardice で perversity で humility であるか、といった心の葛藤の表現へと深まっていきます。第 10 連 -11 連では、それが恐怖心と誇りの気持ちとの葛藤となるのですが、第 12 連では「わたし」がそのようにみみっちく悩んでいる間の、蛇の悠然たる行動がこまやかに活き活きと描かれます。その堂々ぶりはやはりユーモラスに受け止められるのですが、第13連で蛇がもとの暗い穴の中に戻っていくと、「わたし」は恐怖の思い、こん畜生といった対抗の思いに堪えられなくなり、第 14 連で、とうとう棒切れを蛇に投げつけてしまう。が、たぶん当たらなかったのでしょう、第 15 連で蛇はさっと姿を消す、その姿を「わたし」は「うっとりと」with fascination 見つめる、というわけです。

その後、第 16 連へ来て、「わたし」はすぐさま後悔の念にさいなまれます。あの human education は accursed と表現される。「わたし」はここで「アホウドリ」albatross のことを思った、と言います。これはイギリス詩の読者ならごく自然に思い浮かべることのできるアホウドリで、あの歴史的な『抒情歌謡集』の巻頭を飾った S. T. コールリッジの怪奇な物語詩 “The Rime of the Ancient Mariner”（「老水夫行」）にうたわれるアホウドリに違いありません。漂流中の船に無心に近づいて来たアホウドリを、老水夫は邪悪な者のように殺してしまった。すると、その復讐か、いろんな怪奇な現象が船に起こるのです。しかし、ある時、海蛇 water-snakes の群れと出会い、その黒色と金色のまざった姿を美しいと見た老水夫が、思わずそれをたたえる。すると、その瞬間、アホウドリの呪いは解ける、といった詩です。そのアホウドリを殺して罰を受けた老水夫と、蛇を殺そうとしてしまった自分が受けるべき罰の思いが重なって、こういう表現になったのでしょう。老水夫はいわば罪を自覚したことによって再生した。「わたし」も expiate（罪を償う）必要を自覚する、

D. H. Lawrence

ということによって再生への思いが含みとして出てくるわけです。

「再生」は晩年のロレンスの「生」における最大の関心事であり、最晩年に書いた、“Snake”よりもはるかに長篇の詩 “Ship of Death”（『死の船』1929）はまさに「再生」への懸命な思いをテーマとしています。しかしこの “Snake” は、そういう思いに取りつかれて絶叫調になることは全くない、むしろ蛇の動きのようにゆっくり、余裕をもって進行し、蛇といわば楽しく無言の会話もしている感じの、まさに楽しめる詩になっています。ただ作品の最後に来て、つい日頃の「文明」批判やら、「生命」主義やらが表に出てしまい、ちょっと理屈っぽい結びになったのは、詩人ロレンスの愛好者としては残念な思いもいたします。

8

風土をうたう

Carl Sandburg

「生」のうた、つまり人生についての思いをうたう詩や、自分の身近な動物をうたう詩を見てくると、ごく自然に、そういう人や動物の生きる場である「風土」をうたう詩に目を向けたくなります。

自分が生まれ育ってきた場所は、遠く離れても、あるいは離れれば離れるほど、詩的感興を誘うもののようです。望郷の歌、あるいはその風土がさらに広まって国土への思いとなると、ナショナリズム的感情を土台とした歌なども多く作られることになります。日本の詩歌をふり返って見ても、『古事記』を代表する歌として誰もが口ずさむ、ヤマトタケルノミコトが東征の帰途、伊勢の国で力つきて倒れた時の「国思《くにしの》び歌」とされる

倭《やまと》は　国のまほろば　たたなづく　青垣　山隠《やまごも》れる　倭しうるはし

(「まほろば」は真にすぐれた場所、「たたなづく」は幾重にも重なり合う、の意)

は、まだ五七調が定着する以前の短い音を連ねた素朴な調子で、実に簡素な内容と表現ですが、私には望郷詩の絶唱で、しかもかすかにナショナリズムの歌にもなっているように思えます。

風土をうたってすばらしい英語の詩も、もちろん沢山あります。まずアメリカ詩について言うと、アメリカは原初的な自然を開拓して出来た国ですから、自分の生きた（あるいは生きている）土地への愛着を強烈にあらわす詩が多いのは、当然のことです。すでに見たホイットマンがニューヨークをうたいまくっていたのはその一例です。そういう中で、サンドバーグの“Chicago”（「シカゴ」）は独得の味わいを主張しているように思います。

Carl Sandburg 🔊 Track 18

Chicago

Hog Butcher for the World,
Tool Maker, Stacker of Wheat,
Player with Railroads and the Nation's Freight Handler;
Stormy, husky, brawling,
City of the Big Shoulders:

They tell me you are wicked and I believe them, for I have seen your painted women under the gas lamps luring the farm boys.
And they tell me you are crooked and I answer: Yes, it is true I have seen the gunman kill and go free to kill again.
And they tell me you are brutal and my reply is: On the faces of women and children I have seen the marks of wanton hunger.
And having answered so I turn once more to those who sneer at this my city, and I give them back the sneer and say to them:
Come and show me another city with lifted head singing so proud to be alive and coarse and strong and cunning.
Flinging magnetic curses amid the toil of piling job on job, here is a tall bold slugger set vivid against the little soft cities;
Fierce as a dog with tongue lapping for action, cunning as a savage pitted against the wilderness,

シカゴ

世界のために豚を屠殺し、
機具をつくり、小麦を積み上げ、
鉄道をあやつり、全国の貨物を扱う、
騒音の、しわがれ声の、怒声の、
背の筋の盛り上がった市《まち》。

お前は悪徳の市だと人は言うがもっともだ、白粉《おしろい》をぬった女がガス燈の下で田舎の少年を誘惑しているのをわたしは見た。
お前は不正の市だと人は言うがわたしは答える、その通り、ピストルをふりまわす悪漢が人を殺して逃げまた人を殺すのをわたしは見た。
お前は残忍の市だと人は言うがわたしの答えはこうだ、女や子供たちの顔にはげしい飢餓のしるしをわたしは見た。
だがこう答えてからわたしはこのわが市を嘲笑する連中に向き直り嘲笑を投げ返して言ってやる、
生き生きとして荒っぽく強靭で抜け目ないことをこれほど昂然と誇らしくうたう市がほかにあるならさあ見せてくれ。
苦しい仕事の山に小気味よい悪態を投げながら、ここにちっぽけで脆弱《ぜいじゃく》な市とは似ても似つかぬ丈高く不敵な強打者がいる。
舌なめずって身がまえる犬のように獰猛《どうもう》で、荒野にいどむ野蛮人のように抜け目がなく、

Bareheaded,

Shoveling,

Wrecking,

Planning,

Building, breaking, rebuilding,

Under the smoke, dust all over his mouth, laughing with white teeth,

Under the terrible burden of destiny laughing as a young man laughs,

Laughing even as an ignorant fighter laughs who has never lost a battle,

Bragging and laughing that under his wrist is the pulse, and under his ribs the heart of the people,

Laughing!

Laughing the stormy, husky, brawling laughter of Youth, half-naked, sweating, proud to be Hog Butcher, Tool Maker, Stacker of Wheat, Player with Railroads and Freight Handler to the Nation.

髪ふり乱し、

シャベルをふるい、

打ち壊し、

設計し、

建築し、破壊し、また建築し、

煙をかぶり、口じゅうを埃《ほこり》にし、白い歯をむき出して哄笑し、

恐ろしい運命の重荷を背にして若者が笑うように哄笑し、

まだ負けたことのない無知な闘士が笑うように哄笑し、

手首の中には民衆の脈、肋骨の下には民衆の心臓が搏っていることを

自慢にして哄笑し、

哄笑する！

騒音の、しわがれ声の、怒声の、若者の笑いのように哄笑する、裸を

さらけ、汗みどろになり、豚を屠殺し、機具をつくり、小麦を積

み上げ、鉄道をあやつり、全国の貨物を扱うことを誇りながら。

この詩は初め、シカゴから出ていた*Poetry: A Magazine of Verse*という雑誌の1914年3月号に発表され、すぐさま詩界の注目を集めたものです。シカゴは当時すでに、全米でニューヨークに次いで人口第2位の大都市でしたが、極めて評判の悪い都市でもありました。アメリカの西部発展にともない、交通の要衝となり、たくさんの鉄道が集まり、産業も発達しましたが、東部の大都市のような宗教的・文化的な地盤はなく、どちらかというと貧しく無知な労働者たちが群がり、当然、売春婦などもたむろしやすく、ついには1920年代のアル・カポネが象徴するような犯罪都市の悪名さえ広まったのです。

ただそういう雑然たる新興都市だったからこそ、新しい文化創造の熱気のようなものもそこに渦巻いていたようです。詩に限って申しますと、1910年代から20年代にかけて、この地に集まった詩人の間から、形式も内容も伝統的な詩歌の姿をぶち破る、革新的な詩風の試みが噴出しました。ホイットマンとかディキンソンとか、従来、軽視ないし無視されていた詩人たちを再評価し、その精神や姿勢を新たに生かそうとすると同時に、ヨーロッパから輸入したモダニズムの詩法も用いて、Poetic Renaissanceとか、あるいは幅広く「シカゴ・ルネッサンス」と呼ばれる運動を展開したのです。1912年には、シカゴ育ちの詩人、というより編集者としてすぐれていたハリエット・マンローが、詩誌*Poetry*を創刊、その推進力に加わります。

カール・サンドバーグ（1878～1967）は、イリノイ州の西の方、もうミシシッピー川に近いあたりのゲールズバーグという田舎町にスウェーデンからの移民の子として生まれました。13歳の時からさまざまな労働に従事、20歳を越えてから土地の大学に入って文学の勉強をし、卒業後ジャーナリストとして働き、1912年頃シカゴに出て来た。そのうちに、誰かが彼の詩稿を*Poetry*誌に持ち込んだらしいんです。1914年3月、10篇の詩が掲載され、一挙に評判になりました。とくに「シカゴ」は注目され、同年11月には同誌の賞（200ドル）を与えられもします。そして1916年、これが巻頭を飾る *Chicago Poems*（『シカゴ詩集』）がニューヨークの Alfred Harcourt の手で出版され、サンドバーグの詩名が確立したのでした。

一読して、先に紹介したようなシカゴに対する悪評に反論してみせる詩ですが、悪評と逆の、市の美徳や上品さを打ち出すのではなく、むしろ市への批判を受け容れ、さらにはその批判を増幅するかのように、この市の荒っぽさ、獰猛さ、抜け目なさを強調することによって、市を擁護しています。詩形もうたい方もホイットマンの詩の特質を受け継いで大胆に自由です。民衆の声を張り上げているように見えます。

ただ、さらによく見ると、決して大袈裟な言葉を連ねているのではありません。むしろ読者の心にじっくり訴える味わいのある言葉の構築をしています。たとえば、シカゴが鉄道の巨大な集中地となっていることを Player with Railroads と言ってのける。動詞の play with には「～をもて遊ぶ」といった意味があります。と、この表現には鉄道とたわむれている感じが生じます。City of the Big Shoulders も、都市を筋骨隆々の人に見立てて、スポーツを見るような感じです。11行目には slugger（ここでは野球の強打者ではなく、強パンチのボクサーのことでしょう）なんていうスポーツ用語そのものも出て来ます。威勢はいいが、むしろユーモラスな言葉遣いです。

全体の構成を見ると、最初の5行で、シカゴの呼称にふさわしい名詞句を連ねてイントロダクションをなし、次の7行は散文のような長い行を連ねて世間一般のシカゴ観をひっくり返す議論をして見せ、詩の本体をなしています。その次の5行は動詞の過去分詞形や進行形でシカゴを人間の姿のように映像化して見せ、最後の5行は再び息の長い行を連ねて、再び野性的で頑強な労働者のように市を描きながら、Laughing!　という言葉をしだいに音量大にして積み重ね、この詩のヴァイタリティのようなものを誇示しています。入念で、見事な構成と言えるでしょう。

ただしかし、これまたよく読むと、作者は民衆の代表のような姿勢でこの市を擁護しているけれども、具体的な市の描写といったものは全くありません。労働者が出て来たり売春婦が出て来たりはするけれども、どれもいわば抽象化していて、現実感はありません。この詩は全体として、ダイナミックだけれども実は抒情詩になっている。感情的というか、感傷的というか、sentiment が表に出ています。サンドバーグ自身も、実は本質的に抒情詩人だったと私は思っています。（*Chicago Poems* は有名な "Fog"（「霧」）というイマジズム風の短章を含めて、魅力的な抒情詩を多く収めています。）サンドバーグはこの後も民衆詩人として多くの熱心な読者を集め続けましたが、その作品はしだいに詩的な力を失い、彼自身はむしろ膨大な伝記 *Abraham Lincoln* 全 6 巻（1926-1939）によって尊敬される人となったようです。

では次に、イギリスの現代詩から風土をうたった代表的な作品を 1 篇だけ選び出してみましょう。

W. H. Auden　1939年（32歳）

W. H. Auden Track19

"Look, Stranger"

Look, stranger, on this island now
The leaping light for your delight discovers,
Stand stable here
And silent be,
That through the channels of the ear
May wander like a river
The swaying sound of the sea.

Here at a small field's ending pause
Where the chalk wall falls to the foam and its tall ledges
Oppose the pluck
And knock of the tide,
And the shingle scrambles after the suck-
ing surf,
And a gull lodges
A moment on its sheer side.

Far off like floating seeds the ships
Diverge on urgent voluntary errands;
And the full view
Indeed may enter
And move in memory as now these clouds do,
That pass the harbour mirror
And all the summer through the water saunter.

見よ、旅の方

見よ、旅の方、跳ね踊る光があなたのために
いま見せてくれるこの島の上、
ここにじっと立ち、
黙っていてご覧、
耳の海峡を通って
川のようにゆったりと流れて行くでしょう、
揺れる海の響きが。

ここ、小さな野っ原の端にたたずんでご覧、
白壁の崖が波際に屹立し、その高い岩棚が
寄せては返す
潮《うしお》に抵抗している、
そして浜の小石はぐいぐい引いて行く波を
ころげながら追いかけ、
カモメはしばし
切り立った絶壁に留まっている。

はるか沖では水に浮く木の実のように
いくつかの船が忙しげにそれぞれ散って行く。
この全景はいつかきっちり
記憶の中に入り込み活動するだろう、
いまあの雲が港を映した
鏡の空をただよい、
夏じゅう水面をぶらついているように。

1行目の “Look, stranger, on this island now” 全体をタイトルとするテキストもあります。この this island がどこを指すのかはっきりしません。特定の小さな島のようにも思えますが、あるいは Great Britain 島全体を指すかもしれません。とすると、「倭は国のまほろば」の「倭《やまと》」みたいなものですね。しかしサンドバーグのように露骨に郷土愛をうたってはいない。むしろ即興的な風景詩の感じがします。だが、また、単なる風景詩ではないようにも思える。まさに歴史や人間の「生」が展開する「風土」の詩ですね。

W. H. オーデン（1907 ～ 73）はひと頃、イギリスで 1930 年代に意気盛んだった左翼的社会派詩人の代表として注目されました。つまり、第一次世界大戦後の社会的、思想的混迷の中で、さらに 30 年代に入って経済的大不況に出会い、若い詩人たちは T. S. エリオットのように宗教的な救いを模索することに飽き足りず、政治的・社会的な解決の道を求めた。オーデンはその先頭を行った一人なんですが、オックスフォード大学を出た知識人で、才気横溢の人だったようです。彼は何でもかんでも自分の中に取り込んでいた。マルクス主義を標榜すると同時に、「人間」の救済も求めたんでしょう、フロイト的心理学も奉じるんです。詩の技法においても、アングロ・サクソン詩から現代のエリオット、あるいはロレンスの「生」の哲学からリルケの「個」に徹したうたい方まで、多方面のものを学んで吸収していました。従って、実は早い時期から、その詩も多様な開花ぶりだったんです。

この詩は初め *The Listener* という BBC（英国放送協会）が出していた週刊誌の 1935 年 12 月 18 日号に発表され、詩集 *Look, Stranger!*（1936、アメリカ版は *On This Island* ）に収録されたもので、初めから幅広い読者を対象にしていたと言えそうです。Stranger つまり「よその人」「旅の方」に向かって、this island を説明する形の内容です。いま夏の夜明けで、leaping light が射し込んで来て、はっきり見えるようになったこの島をじっと見てくれ、またじっと耳を傾けてくれ、とまず求めます。そうして見、聞いていると、ここは白亜の絶壁が海に接している所で、波が寄せたり引いたりしている。沖の方を見ると、いくつかの船が on urgent voluntary errands（まるで自分勝手の用向きで忙しげに）あちこち航行している。この平和な風景は記憶に留まり、いつまでも心の中で活動し続けるだろう、というだけのものです、

しかし、この風景は実に鮮明に読者の心に留まるのではないか。イギリスの読者にはとくにそうであったと思われます。絶壁が海に接したこの「島」は、イギリス人にはごく自然に Dover Beach（ドーヴァー海岸）を思い浮かべさせるものですが、この詩の僅か 4 年足らず後、第二次世界大戦が勃発し、海岸の状況が一変したことを思うと、この平和な風景が記憶になってしまうというのは一種予言的ですらあります。

この詩の技法にもちょっと触れておきましょう。一見して自由詩の形のようですが、よく見ると入念に書かれています。三つの連の各行の長さは、連の中では不揃いですが、連と連の間では整っており、各行 iambus を基本としていて、脚韻も各連 3 行目と 5 行目、4 行目と 7 行目できちんと踏んでいます（第2連で pluck と suck を押韻させるために、5行目を無理やりぶった切って見せています）。感嘆するのは頭韻の巧みさで、第 1 連 2 行目の l 音（特に light と delight の呼応の見事さ）、7 行目の s 音、第 2 連 5 行目から 6 行目にかけての s 音、それから頭韻ではないが第 2 連 2 行目の chalk wall falls to the foam and its tall ledges における [ɔ：l] 音の繰り返し、等々、とんでもなく技法をこらした作品であることを示しています。それが自由詩のように見えるということは、作者が言葉を自由自在に扱える詩人だったことを証明します。

最後に蛇足を一言付け加えておきましょう。イギリス人はこの詩の

海岸風景に Dover Beach を思い浮かべると先に申しましたが、とくにマシュー・アーノルドの傑作詩 “Dover Beach”（1867）が連想されるようです。海岸の寄せては返す波や、それに合わせてころげまわる小石の描写など、オーデンは多くの表現をこの詩から借りてきていると言ってもいいと思います。が、アーノルドはいかにも思想家らしく、この風景からソホクレスやシェイクスピアを思い起こして見せたり、潮の絶え間ない動きから現代における「信仰の海」の情けない有様を嘆いて見せたりと、忙しく内容を展開しています。それに対してオーデンは、知識や見識のデモンストレーションは一切していない。ただ風土を言葉少なにうたうだけです。だからこそ、心に訴えるのではないでしょうか。

私はかつてオーデンの詩を論じた時、多才の余りに詩においても知的な複雑さを誇示しがちだった彼が、スペイン内戦（1936-39）や中国の抗日戦争を直接体験（1938）したりして、「表現におけるつつましさ」に近づいたことを重要視したことを思い出します（『若い日に読んだ詩と詩人』〔2018〕所収「オーデンとリルケ」）。この詩も、まさにその「つつましさ」によって、単なる風景詩、あるいは単なるナショナリズム的感情の詩に留まることなく、風土と人間の感情が相乗的に溶け合った見事な抒情詩になっていると思います。

9 季節をうたう

Percy Bysshe Shelley
1819年（27歳）
Amelia Curran 画

風土に心が向かう時、季節はそれに豊かな「生」の色彩を添えるものとして、当然、大きな詩的テーマとなります。日本人はとくに、自分たちの風土が四季の変化の詩趣に富んでいることを幸せとしてきました。それも単なる自画自讃ではなく、日本詩歌においては、俳句も短歌も、極めて短い形、少ない言葉で季節をうたう技術を発達させてきました。ここでことさら例を示す必要もないと思います。英米の詩でも、季節をうたった絶唱というべき作品は非常に多くあります。ただし日本人の眼から見ると、ごてごて説明したり、精神的・道徳的意味合いを述べようとしたりして、純粋な美的作品といえないように思えるものも多い。それでも、季節をうたって日本の詩歌には滅多に見られぬ精神の展開の見事さを感じさせる作品に出会うと、苦労して英米の詩を読むことの楽しみを確認するような思いがします。

そういう詩の代表的な一例として、ワーズワスやコールリッジの後を継いだイギリス・ロマン派の驍将 Percy Bysshe Shelley の “Ode to the West Wind” を読んでみましょう。

P. B. Shelley

Track20

Ode to the West Wind (§1, §5)

I

O wild West Wind, thou breath of Autumn's being,
Thou, from whose unseen presence the leaves dead
Are driven, like ghosts from an enchanter fleeing,

Yellow, and black, and pale, and hectic red,
Pestilence-stricken multitudes: O thou,
Who chariotest to their dark wintry bed

The wingèd seeds, where they lie cold and low,
Each like a corpse within its grave, until
Thine azure sister of the Spring shall blow

Her clarion o'er the dreaming earth, and fill
(Driving sweet buds like flocks to feed in air)
With living hues and odours plain and hill:

Wild Spirit, which art moving everywhere;
Destroyer and preserver; hear, oh, hear!

西風に寄せる歌（第1節、第5節）

I

ああ、荒々しい西風よ、秋なるものの息吹よ、
目に見えぬお前に枯葉は追いまくられ、
魔法使いから逃げまどう亡霊さながら、

黄に、黒に、青ざめ、あるいは紅潮し、
熱病患者の群れとなって。ああ、西風よ、
お前は運ぶ、羽根をつけた種子を

暗い冬の寝床へと。種子はそこで深く冷たく
墓に葬られた屍体さながら横たわる。
だがやがて、お前の妹なる紺碧《こんぺき》の春風が

夢見る大地にラッパを鳴らし、
（柔かな花の芽を羊の群れのように空に散らし）
いのちある色や匂いで野山を満たす。

荒々しい霊よ、あらゆる所で躍動する、
破壊者よ、そして命の保存者よ、聴け、ああ聴いてくれ！

V

Make me thy lyre, even as the forest is:
What if my leaves are falling like its own!
The tumult of thy mighty harmonies

Will take from both a deep, autumnal tone,
Sweet though in sadness. Be thou, Spirit fierce,
My spirit! Be thou me, impetuous one!

Drive my dead thoughts over the universe
Like withered leaves to quicken a new birth!
And, by the incantation of this verse,

Scatter, as from an unextinguished hearth
Ashes and sparks, my words among mankind!
Be through my lips to unawakened earth

The trumpet of a prophecy! O, Wind,
If Winter comes, can Spring be far behind?

V

わたしをお前の竪琴にしてくれ、風に鳴る森と同じに。
森の木の葉のようにわたしの葉が散っても構いはせぬ！
お前の力強い響きが

わたしと森から深い秋の調べを生み出す、
物悲しくも妙《たえ》なる調べを。お前、烈々たる霊よ！
わが霊となってくれ！　わたしとなってくれ、激しき者よ！

いのち枯らされたわたしの思想を枯葉さながら
宇宙に追い散らして新しい誕生を促してくれ、
そしてわたしのこの詩の呪文によって、

まだ消え切らぬ暖炉の残り火のように
わたしの言葉を人類の間に撒き散らしてくれ！
わたしの唇を通して、まだ目覚めぬ世界に対する

予言のラッパを響かせてくれ！　ああ西風よ、
冬来たりなば春遠からじ、ではないか？

“Ode to the West Wind” は5篇のソネット（14 行詩）を連ねて、1篇の ode とした作品です。ここではその第1節と第5節を抜き出して読みたいと思います。

標題の ode は、日本では漢文から借りて「賦」と訳すことが多いようです。賦は詩歌の表現方法の一つで、「心に感じたことをありのままにうたう」形態らしいです。英語の ode は sing, chant の意味で、英詩では “the most formal, ceremonious, and complexly organized form”（*The New Princeton Encyclopedia of Poetry and Poetics,* 1996）という形の抒情詩を指すようです。私などシンプル主義の人間は ode とか何とかというタイトルの英詩を見ると、うへっ、また長々しく大袈裟な言葉を連ねた詩かと思って、敬遠することが多いです。シェリーのこの詩も最初はその恐れを抱きつつ読み始めたのですが、珍しく興奮をもって読み終えたことを思い出します。

この ode も、いま引用した詩学事典の定義のように、まことに整然と organized されています。全5節の各節がソネット、つまり 14 行の独立した詩で、その各行は iambic pentameter（弱強 5 歩格）を基調としています。が、とくに注目してほしいのは行末のいわゆる脚韻で、aba / bcb / cdc / ... と踏んでいます。これはダンテが『神曲』で用いた terza rima（3 韻句法）と呼ばれる形で、シェリーのこの詩は英詩における terza rima のもっとも成功した例とされるそうです。ただこういう形の美が内容の理解とどこまで呼応するか、それは読む人によってさまざまでしょうね。

P. B. シェリー（1792 ～ 1822）というと、イギリス・ロマン派の中でもとりわけ過激な理想主義に生きた若者を思い浮かべます。大地主で国会議員だった人物の長男に生まれ、将来はその方面で生きるべく、イートン、オックスフォードなどでまさにそれ向きの教育を受けたのですが、彼はそのことに激しく反発、いろんな個人的、政治的革命行動に突っ走りました。親に反抗して 19 歳で 16 歳の少女と結婚、それは3年で破綻しますが、すぐさま革命思想家 William Godwin と Mary Wollstonecraft の娘 Mary Wollstonecraft（小説『フランケンシュタイン』〔1818〕の作者です）と結婚したことはよく知られています。彼自身、共和主義を奉じ、自由を追求し続けていました。では単なるお坊ちゃんかというと、優れた知性の持ち主でした。しかも文学的には奔放で空想力豊かな美の追求者でした。30歳で早逝しましたが、キラ星のようなロマン派詩人の中にあっても第1級の詩人だった。彼の見事な詩魂・詩才は、この「西風に寄せる歌」1篇によってもよくわかると思います。

この詩はシェリーが過激な言動のため、いわばみずから国を飛び出すようにしてヨーロッパを放浪していた1819年10月（彼27歳）、イタリアのフィレンツェ近くで激しい西風の吹くのに出会って作ったそうです。イギリス本国では西風は春を告げる風らしいですが、イタリアでは（日本と同じく）秋の風なんですね。翌1820年、彼の代表作の劇詩 *Prometheus Unbound*（『解き放たれたプロメテウス』）と一緒に発表されました。

第1節では、秋というものの存在の息吹のような激しい西風に、正面から呼びかけています。その息吹に追いまくられている枯葉の姿が生き生きと描かれていますが、作者が本当にうたいたいのは、どうやらその枯葉にまじって吹かれている羽根をつけた種子（タンポポのたぐいでしょう）らしい。その種子は、ひと冬、大地を墓にして冷たく横たわった後、春風が吹くと生き返る。で、詩人は西風の spirit（「霊」と訳しましたが、どうもぴったりしない日本語です。こういう自然現象を spirit なんぞにしてしまうことに、私たちは馴れていないのではないか）に向かい、destroyer（破壊者）にして、かつ preserver（生命の保存者）と呼びかけ、hear, oh, hear!（聴いてくれ!）と訴えるのです。この訴えは、各節の最後に繰り返されます。何を聴いてくれと言っているのか、それは第5節まで行って明らかになりますが、詩人が単に西風の季節感に陶酔しているのでないことは、もう明瞭です。たとえば同じ西風をうたっても、『古今集』の「秋きぬと目にはさやかにみえねども風のおとにぞおどろかれぬる」などとは全く別世界です。

こういううたい出しの後、第2節では西風に吹き上げられる雲、とくにまっ黒な雷雲をうたい、第3節では地中海の眠りを破る西風の、すさまじい音をうたいます。いわば、西風の破壊者としての力ですね。そして第4節に来ると、自分がその風に吹かれる枯葉のごとく、あるいは雲のごとく自由でありたいという思いを表現します。自分は本来、風そのもののごとくtameless, and swift, and proud（自由で、奔放で、誇り高い）者なのだが、時代の重みが束縛し、屈服させてきた、と言うのです。

そして第5節に入ると、1行目でMake me thy lyreという素晴らしい表現になります。西風が吹くと、自分は竪琴になって、びゅうびゅう鳴るというわけです。いわば自分は風と一体になって鳴るのですね。6行目まで行くと、もっと直接的に、お前のspiritとわたしのspiritが一体になってほしいといった表現となり、さらにわたしの言葉、わたしの思想を、宇宙に、人類に、吹き散らしてくれという願望の表現になります。いままでhear!を繰り返していたのは、こういう願いを聴いてくれということだったのです。そして「冬来たりなば春遠からじ」といった、今では有名な（希望の）表現によって詩を終わるのです。

初めは秋の風景の素晴らしい描写の趣であったのが、いつしか詩人が西風と一体となり、風とともに自分の精神（spirit）を世界に伝播したいという思いの表現となる。西風へのこのすさまじい呼びかけに、なんともいやはや、といった思いを抱く読者も少なくないでしょう。しかし随所で「詩的」に昂揚した言葉があふれていて、それが音楽的に、まさに風に乗るように強いリズムに乗って躍動し、シェリーって、本当に激しい「詩人」だったんだな、という思いに打たれます。

この「激しさ」は他の追随を許さないと言ってよいでしょう。同じく秋風をうたって有名な詩に、フランスのヴェルレーヌ “Chanson d'automne”（「秋の歌」）があります。上田敏の名訳「落葉」（『海潮音』所収）の題によっても想像されるように、わが身を西風に吹かれて飛び散る落葉にたとえて、内容的にシェリーの詩と結びついています。詩の調べも、まさに風に吹かれる落葉のイメージを音であらわしたように音楽的で、どこかでシェリーの詩に呼応しています。しかし、ヴェルレーヌの詩は、シェリーの詩のような政治的、社会的な「予言」性はなく、自分の存在の不安感とでもいったものが晩秋の寂寥感と重なって、むしろ無常感をただよわせています。

ヴェルレーヌがこの詩を作るに当たってシェリーから何らかの刺激を受けたかどうか、私は知りませんが、日本の島崎藤村は、名作の誉れ高い「秋風の歌」（『若菜集』所収）で、明かにシェリーの詩に触発されるところがあったと思われます。（藤村の詩は初め『文学界』47 号〔明治 29 年 11 月〕に発表されましたが、その 1 年余り前の同誌 31 号〔明治 28 年 7 月〕の見返しに “Ode to the West Wind” が掲載されていました。）七五調 4 行の連を 11 連ねた長い詩ですが、最初と最後の 2 連ずつを紹介してみましょう。うたい出し。

しづかにきたる秋風の
西の海より吹き起り
舞ひたちさわぐ白雲《しらくも》の
飛びて行くへも見ゆるかな

暮影《ゆふかげ》高く秋は黄の
桐《きり》の梢の琴の音《ね》に
そのおとなひを聞くときは
風のきたると知られけり

この秋風は「しづかに」吹き来たって、wild なシェリーの西風とは土台が違うようです。ただ、藤村はこの詩を仙台で作ったに違いないのに、秋風が「西の海」より吹き起こりと言うのは、シェリーの詩に発想を借りていることを思わせます。第 2 連で、「暮影《ゆふかげ》高く秋は黄の」云々といった見事な表現があり、続いて「桐の梢の琴の音《ね》に」と来ると、Make me thy lyre even as the forest is をもとにした表現に違いないと思えてきます。

こういうふうに始まって、詩は秋風をいわば内と外から生き生きとうたっていきます。風に吹かれる枯葉を「道を伝ふる婆羅門《ばらもん》の／西に東に散る」さまにたとえるあたりは、ほとんど神韻縹渺といった趣です。ただ藤村は調子を整えるために月並みな文句を連ねる弊に陥ることがよくあり（「悲しいかなや秋風の／秋の百葉《ももは》を落すとき」など）、詩は中だるみ状態にもなります。が、最後の 2 連でそれが一気に引き締まるのです。

高くも烈し野も山も
息吹《いぶき》まどはす秋風よ
世をかれがれとなすまでは
吹きも休《や》むべきけはいなし

ああうらさびし天地《あめつち》の
壺《つぼ》の中《うち》なる秋の日や
落葉と共に飄《ひるがへ》る
風の行衛《ゆくへ》を誰か知る

「しづかに」吹き来たった秋風がいつしかすさまじい勢いで吹き荒れているさまをうたい、「落葉と共に飄る／風の行衛を誰か知る」と、シェリーの West Wind のイメージを効果的に用いて結んでいます。ただしシェリーはあくまで自分の思いが現実に生きることを願って詩を作っていたのに対して、藤村は「壺の内《うち》なる」天地、つまりいわゆる「壺中の天」（ある男が薬売りの老人にならって自分も壺の中に入れてもらい、別世界の楽しみを味わったという故事）を思い、非現実の世界（その寂寥感）を楽しむものです。同じ西風をうたっても全く別の思いを展開しており、読者としてはそこが面白いと思います。

さて次に、アメリカの 20 世紀初頭の詩人 H. D. の “Heat”（「暑気」）という詩を読んでみたい。こんどは、イギリス詩人とアメリカ詩人の違いを示すためというよりも、あれだけ情熱的に、いささかげんなりするほどにも饒舌に自分の思いをうたっていたシェリーの詩と対照的に、言葉を節約し、自分の「思い」はいっさい口にせず（そう、どこかで日本の俳句に通じる姿勢で）、季節をうたった詩の代表的な一篇を紹介してみたかったのです。

H. D. (Hilda Doolittle)

Heat

O wind, rend open the heat,
cut apart the heat,
rend it to tatters.

Fruit cannot drop
through this thick air—
fruit cannot fall into heat
that presses up and blunts
the points of pears
and rounds the grapes.

Cut the heat—
plough through it,
turning it on either side
of your path.

暑気

ああ、風よ、暑気を切り裂け、
暑気を切って開け、
ばらばらに切り裂け。

果実《くだもの》は落ちられぬ
このぶ厚い空気を通っては——
果実は暑気の中に落ちられぬ
下から押し上げて
ナシの実の先端を鈍《にぶ》らせ
ブドーの実をまるめる暑気の中へ。

暑気をぶった切れ——
鋤を入れ、
掘り返せ、両脇に
あなたの通路の。

夏の熱気（heat）をまるで「もの」のように受け止め、そのイメージそのものに自分の「思い」を語らせようとしています。

作者 H. D.（Hilda Doolittle の頭文字だけをとったペンネーム、1880 〜 1961）はアメリカのペンシルヴェニア生まれ。父親はペンシルヴェニア大学の天文学の教授でした。彼女 15 歳の時、そこに在学していたエズラ・パウンドやウィリアム・カーロス・ウィリアムズと知り合い、詩を書くようになったそうです。パウンドとは婚約もしたらしい。が、別れて 1911 年、25 歳の時、ヨーロッパに渡り、イギリス詩人の Richard Aldington と知り合って、1913 年に結婚、二人でイマジズムの詩の先駆となりました。イマジズム運動については D. H. ロレンスのところで触れました（104 頁参照）ので、ここでは省きますが、H. D. の詩は単にその先駆であるだけでなく、最も見事にイマジズム的で、その代表と言ってもよいでしょう。この「暑気」の詩もそのことを証明しています。

シェリーの詩と違って、この詩はほとんど説明を要しないでしょう。第 2 連から見て、果樹園かどこかでの観察をうたったものだと思われます。（H. D. には「果樹園」“Orchard” と題する同類の詩もあり、1913 年 1 月の雑誌 *Poetry* 第 4 号にその海外通信員となっていたエズラ・パウンドの手で掲載され、“H. D. Imagiste” の出発をしることになりました。）ほとんど動詞と名詞から成った詩で、余分な言葉はまったく使っていません。第 3 連で cut とか plough とかと命令している相手は、第 1 連冒頭の wind です。こういう命令のほかに、詩人の思い入れの表現はいっさいなしです。シェリーの詩のような「呪文」もありません。そして自由な詩形でうたっていますが、たとえば heat の t 音がいろんな言葉によって何度も繰り返されていることに注目してください。なんだか暑気がこの音によって余計に身に迫ってくるようで、やっぱり詩における音楽の重要性を知らされる思いです。理屈ばった説明は拒否しながら、「詩的」昂揚を感じさせる詩です。

10 恋・愛・性（1）

Robert Herrick

さていよいよ「愛・恋・性」をうたった詩を読む方向に進みます。季節と並んで、恋は詩の基本テーマと言ってよいでしょう。日本だと、たとえば勅撰和歌集の出発点となった『古今集』はまず春夏秋冬の四季の歌がえんえんとあり、それから賀の歌、別離の歌、羇《き》旅の歌などが入りますが、その次から恋の歌が、これまたえんえんと続くことになります。風景も季節もですが、恋こそ人の心を揺り動かすもとですから、これも当然のことと言えましょう。で、「恋」とだけ言っておけばよいようですが、時代が進むに従って何となくもう少し精神的な含みのある「愛」という言い方がひろまり、もっと肉体的な含みの大きい「性」ものし出てきます。日本の江戸時代には、「恋」と「愛」とはかなり別の意味に用いられたとか。明治になると、「恋愛」なる言葉が英詩の love の訳語として独自の意味を盛り込まれもしました（北村透谷「厭世詩歌と女性」〔明治 25 年〕参照――「恋愛は人生の秘鑰《ひやく》なり」。「秘鑰」とは「秘密をとく鍵」の意味です）。そんなわけでいろんな局面を持つ恋とか愛とかという心情の表現を、ここでは一くくりにして検討してみたいと思います。

Robert Herrick Track22

To the Virgins, to make much of Time

Gather ye Rose-buds while ye may,
Old Time is still a flying:
And this same flower that smiles to day,
To morrow will be dying.

The glorious Lamp of Heaven, the Sun,
The higher he's a getting;
The sooner will his Race be run,
And nearer he's to Setting.

That Age is best, which is the first,
When Youth and Blood are warmer;
But being spent, the worse, and worst
Times, still succeed the former.

Then be not coy, but use your time;
And while ye may, goe marry:
For having lost but once your prime,
You may forever tarry.

乙女たちに、時を惜しめ

乙女たち、バラの蕾《つぼみ》を摘むがよい、間に合ううちに、
時はどんどん飛んで行くよ。
今日ここにほほ笑んでいるこの花も
明日はしぼんで行くさだめ。

輝かしい天のランプの太陽も、
高くのぼればのぼるほど
より早く道を行き終え
たちまち沈んで行くさだめ。

人の齢《よわい》も、最初が一番、
若さと血潮に熱がある。
だがそれを過ぎると、時は次つぎ
悪くなりゆくばかり。

だからはにかんでいちゃいかん、時を生かし、
さっさと、お嫁に行くがよい。
花の盛りもいったん逃がせば
いつまでも食うよ、待ちぼうけ。

まず最初にロバート・ヘリック（1591 ～ 1674）というイギリス詩人の詩。1591 年というと、シェイクスピアがようやくロンドンの演劇界に姿を現わし始めた頃です。豊かな金細工職人の子に生まれ、成長すると金細工職人に徒弟奉公しましたが、やがてケンブリッジで学び、牧師になります。こんな時代の聖職者というと、厳しく重々しい人を想像してしまいますが、どうもそうばかりではなかったらしい。英国国教会のこの牧師さん、1648 年に *Hesperides*（『ヘスペリデス』）という詩集を出しました。ヘスペリデスというのは、ギリシャ神話で金のリンゴの楽園を守った 4 人姉妹のことです。ヘリックは宗教詩も書きましたが、世俗的な抒情詩を得意としていました。その詩から想像すると、さばけた田舎のお坊さんのような面があったらしい。ここにあげた詩はその種の詩の代表的な一篇で、内容は軽妙、表現は簡素で、むしろモダンです。

標題の Virgin は、今日と違って幅広く独身女性を指したようです。第 1 連 1 行目、ye は 2 人称 you の古形です。冒頭、Gather は命令形で、今は命令文に普通、主語は省かれますが、昔はそうでなかった。次の ye は may（gather）の主語です。バラはイギリスのいわば国花ですが、古代ギリシャ以来、「美」と「愛」の象徴とされてきています。ヘリックももちろんその意味で用いていますが、バラは彼の愛する花でもあったらしく、“The Rose” とか “How Roses came Red” など、面白い詩をいろいろと作っています。2 行目 Old は Time に親しみをあらわしただけの形容詞でしょう。A Flying の a は古い英語で動名詞（-ing）につく前置詞で in the act of の意味です。第 3 連 3 行目の being spent は 1 行目の the first (age) を受け、最初の年齢が「過ぎてしまうと」の意味になります。第 4 連 2 行目の goe marry は marry を強めて言っただけの表現です。当時は語尾に e をつけることもよくあったようです。

以上だけ分かれば、これはたいそう分かり易い表現で、しかも親しめる内容の詩です。私など若い頃によく口ずさんだ「いのち短し、恋せよ少女《おとめ》」(吉井勇「ゴンドラの唄」)とまったく同じことを、イギリスのお坊さん詩人が真面目な顔して(しかも冗談っぽく)説教たれているところが面白いです。呼びかけ相手の virgins を私は「乙女たち」と訳しましたが、「ねえさん方《がた》よ」とでも訳した方がよかったかもしれません。

次は Rpbert Burus のたいへん有名な詩 “A Red, Red Rose”。

Robert Burns

Robert Burns Track23

A Red, Red Rose

O my luve's like a red, red rose
  That's newly sprung in June:
O my luve's like the melodie
  That's sweetly played in tune.

As fair art thou, my bonie lass,
  So deep in luve am I;
And I will luve thee still, my dear,
  Till a' the seas gang dry:

Till a' the seas gang dry, my dear,
  And the rocks melt wi' the sun;
And I will love thee still, my dear,
  While the sands o' life shall run.

And fare thee weel, my only luve!
  And fare thee weel awhile!
And I will come again, my luve,
  Tho' it were ten thousand mile!

赤い赤いバラ

おらのいい人、赤い赤いバラのよう
　6月にぱっと開いた――
おらのいい人、音楽のよう
　甘い調べで奏《かな》でられた――

きれいな娘、めっちゃめんこくて
　それだけおらあ首ったけ。
おらはおめえが好きで好き、
　海がすっかりひあがるまでも。

海がすっかりひあがるまでも、
　岩が太陽に溶けちゃうまでも。
おらはおめえが好きで好き、
　いのちの時計が動いてる限り。

さよならだ、おらだけのいい人！
　ちょっとのあいださようなら！
おらはまた帰ってくるでよ、
　1万マイルも離れていても！

この詩は、恋愛について何の理屈も述べません。人を恋する思いをただそのままぶっつけ出しているだけです。そこがすごい。ヘリックの詩より1世紀なかば後、イギリスの古典主義の詩も終わりを告げ、ブレイクなどが登場してきた頃の作品です。

ロバート・バーンズ（1759～96）はスコットランドの貧しい農民だった人で、しばしば無教育なプリミティブさが強調されます（女性関係もかなりいい加減だったらしい）が、子供の頃から家で父親にしっかり教育され、本などもよく読んでいたようです。詩も早くから書いて、*Poems, chiefly in the Scottish Dialect*（『主としてスコットランド方言による詩集』（1786）はかなりの好評を得ました。そしてThe *Scots Musical Museum*（1787-1803）というスコットランド民謡集の編集を手伝うようになるのですが、彼は集めた民謡にみずから手を加えたりしたらしい。その種の歌のいくつかがバーンズの傑作として残っています。"Auld Lang Syne"（Old Long Since「今は昔」といった意味、曲は日本で「蛍の光」に使われている）などとともに、この詩はその代表的な例です。

本文中、luveはlove恋人、bonieはフランス語のbonと同じで、きれいな、素敵な（bonnieと書くのが普通）。a' the seasのa'はallの訛り、gangはgo、fare ... weelはfarewellさようなら、といった具合にスコットランド語を英語に直せば、あとはもう単純しごくな内容です。第3連4行目のsands o' lifeは砂時計の比喩で、小さな壺の中の砂が命の時刻をあらわし、それが上から下へrunする間は命が続くのです。

繰り返しが多いのも民謡の特徴です。そのくせ各連偶数行が（時には奇数行も）韻を踏んで（最後の単語mileが複数になるべきところ単数になっているのは、ただただ押韻のためです）、自然に歌になるような調べのよさです。こういう詩はこちらも単純になって楽しめばよいように思います。

D. G. Rossetti画 "Lady Lilith" (1864)

Dante Gabriel Rossetti Track24

Body's Beauty

Of Adam's first wife, Lilith, it is told
  (The witch he loved before the gift of Eve,)
  That, ere the snake's, her sweet tongue could deceive,
And her enchanted hair was the first gold.
And still she sits, young while the earth is old,
  And, subtly of herself contemplative,
  Draws men to watch the bright web she can weave,
Till heart and body and life are in its hold.

The rose and poppy are her flowers; for where
  Is he not found, O Lilith, whom shed scent
And soft-shed kisses and soft sleep shall snare?
  Lo! as that youth's eyes burned at thine, so went
  Thy spell through him, and left his straight neck bent
And round his heart one strangling golden hair.

肉体の美

アダムの最初の妻リリス

（イヴをもらう前に愛した魔女）についての話――

蛇より先に、甘い舌でだましに長《た》け、

髪は魔法がかかって極上の金髪だった。

そして地球はもう年取ったけれど、今も若々しく

物思わしげに巧みな仕草で、

輝く髪を織りなして男どもを見とれさせ、

心も体もいのちをもとりこにしてしまう。

好みの花はバラとケシ、ああリリス、

放つ匂いと甘いキスとやわらかな眠りの

罠にかからぬ男はどこにいる?

見よ！　若者の目がそなたを見て燃えた瞬間、

そなたの魔力が全身を貫き、若者は項《うなじ》を垂れる、

その心臓を締め付けているのは、一筋の金色の髪。

バーンズの単純明快、そして天真爛漫な love 讃歌から数十年あるいは 1 世紀近くたち、イギリス・ヴィクトリア朝も円熟期になりますと、love もはるかに複雑な様相をうたわれるようになります。すでに見たワーズワスとブラウニングとの詩風の違いに劣らず大きな違いを、読者はバーンズとダンテ・ゲイブリエル・ロセッティ（1828 ～ 82）との詩風の間に見出すでしょう。

この D. G. ロセッティなる人、芸術家・詩人として時代を代表する人でしたが、今では（とくに日本では）知る人が少なくなってしまったようですので、ちょっとだけ説明しておきます。ダンテなどという名前からも想像つくように、イタリア人の血を引く人でした。父親が詩人で、ダンテ研究者だった。が、オーストリアの支配を嫌いイギリスに亡命しました。ロンドンの住居にはイタリア人芸術家たちが集まっていたようです。それやこれやで、彼の子供たちもすぐれた芸術家に成長するんです。1848 年、その一人のダンテは仲間とともに「ラファエロ前派」(Pre-Raphaelite Brotherhood、略称 PRB) と称する芸術家集団を結成しました。因襲化したルネサンス末期の風潮を斥けラファエロ以前の清新な芸風に戻ろうというわけですが、もちろん現代の芸術の因襲化傾向に反対してのことです。詩においてはキーツ、シェリー、とりわけブラウニングを讃仰、ロマンチックな審美主義とともに、美の具体的な描写を追求したようです。何だか欲ばった主張のようにも思えますが、ロセッティの詩はまさにその作風を代表していたと言えそうです。彼の生涯はいろんな女性が関係する点ではバーンズを思わせますが、美的な情念がからまって一筋縄ではいかず、伝記作家には好個の材料となってきました。

ここに紹介する作品は、詩人としての彼の代表作とされる 101 篇のソネット連作（*The House of Life*『生の家』1870、1881）の第 78 番をなす作品です。この詩集の題の life は「生命」ではなく「人生」と取るのが正しく、ロセッティの生涯にかかわったいろいろな love の様相をもとにしてうたっているように思われます。(同じく題に言う house は「家」よりもむしろ、ロセッティが凝《こ》っていた占星術で、天を 12 分した「宮」あるいは「宿」を指すらしい。『人生宮』とでも訳すべき書名かもしれません。)

さてこの詩、初めは “Lady Lilith” と題するロセッティ自身の絵(本書145頁参照)に寄せて書いたソネットで、“Lilith” と題されていました。リリスというのは、詩の中でも一言説明があるように、アダムの最初の妻—— つまり彼がイヴという贈り物を神からいただく前に愛していたとされる女性です。ユダヤ教の口承伝説では、彼女はアダムと同時に作られたので、アダムの上位を認めず、そのためエデンを追われ、悪魔と交わったと言われます。ロセッティはこの「魔女」を取り上げ、その「肉体の美」、あるいは性的な魅力をうたうわけです。とくに後半の 6 行で、その描写はこまかく具体的になります。9 行目の rose は愛情あるいは性的情熱の象徴であり、poppy は人を幻惑する草とされています。それが彼女の花というわけです。次の行以下の scent も soft-shed kisses も soft sleep も、みんなこれらの花の効果です。お前(リリス)の spell(魔力)が若者をつらぬき、若者は straight neck(まっすぐな首筋)が垂れた様になってしまう、と表現します。その状態も一種絵画的で面白いですが、最後の 1 行がすさまじい。若者の心臓には、一筋の strangling(絞め殺す)金髪が巻きついていると言う。つまり彼女の豊かな金髪の一筋が、一種超自然の力をもって若者を絞め殺さんばかりなのです。

ここでちょっと詩の形式に触れておきますと、同じソネットでもシェリーの『西風に寄せる歌』は 3 行連を四つ連ね、最後を 2 行の連で締めくくる形です。(4 行連を三つ連ねる形もあります)。これはシェイクスピアがよく用いた形で、Shakespearean(あるいは English)form と呼ばれます。これに対してロセッティのソネットは、前半8行（4行連二つ）、後半6行（3行連二つ）の形で、Petrarchan（あるいはItalian）formと呼ばれます。私のごく大ざっぱな印象では、Englishの方が全体的内容がスムースに進行し、2行の締めくくりの効果が際立ちやすいのに対して、Italianの方はいわゆる起承転結の起承が前半で、転結が後半でなされて、内容がドラマチックに展開しやすいような気がします。もちろんこれには押韻法がからまってきて、そんな簡単に言えることではなく、細かな議論に踏み込むのはむしろ時間の無駄に思えます。ただ14行の中に、ロセッティの思考が大きく展開していることは見てとれるでしょう。

ロセッティはこの詩で、「魔女」を材料にして道徳とか教訓とかをうたおうとしたのではない。人間の愛の一つの真実——「肉体」にもとづく愛の姿——をうたっただけなのです。それを色彩感豊かに、しかも具体性をもって——さらに言えばPRB的な官能美をもって、うたい上げているのです。「人生宮」のこの詩の前（77番）には、“Soul’s Beauty”（「魂の美」）と題する作品があります。古代の女予言者シュビラをうたうのですが、うたわれた美は抽象的で、とてもこの「肉体の美」には及ばないように思えます。ミルトンの『失楽園』以来、どうも天上の聖者よりも悪魔的な者を描く時の方が、詩人の筆は躍動するものらしいです。

こうしてこの詩は、内容も表現もいささか複雑なものを持っていますから、日本でも、たとえば島崎藤村の（一見単純そうな）ロマン派的姿勢に飽き足りなく思っていた詩人たちは、ロセッティに大いに注目しました。ブラウニングのところで言及した上田敏の『海潮音』は *The House of Life* から「小曲」（ソネットのこと）3篇を翻訳しています。ただ凝りに凝った日本語で、私には原詩より難しく思えます。それから藤村の影響下に出発しながら藤村の次の時代を代表した詩人と言える蒲原有明も、キーツ、シェリーの耽読を経てロセッティに打ち込むに到り、彼の詩風を鮮明にした第2詩集『独絃哀歌《どくげんあいか》』

(1903) では、ロセッティの訳詩 3 篇を収めていますが、そのうち 2 篇までは「人生宮」からの訳詩です。それ以外を含めると、彼は生涯に「人生宮」から 20 余篇を訳しています。有明は藤村の「青春」の詩から、幅広く奥行きのある「人生」の詩を目指す方向に進み、上田敏とともに明治象徴詩を切り開いたと言えそうです。

なお一言。ロセッティ家がすごい芸術一家だったことは前に申しましたが、ダンテの妹 Christina Rossetti (1830-94) も詩人として知られ (兄よりは宗教性のかかった詩を多く作っていた)、上田敏は『海潮音』、蒲原有明は『独絃哀歌』に訳詩を収めています。しかしこの際、もっと注目しておきたいのは両者の中間にあった William Michael Rossetti (1829-1919) です。このミドルネームはミケランジェロから取ったんじゃないかと私は勝手に想像していますが、美術評論家兼文芸評論家で、ブレイクやシェリーの作品集の出版・普及でも大いに活躍しましたが、特筆すべきはアメリカでほとんど認められていなかったホイットマン詩集のイギリス版 (1868 年) を編集出版したことです。これによって詩人ホイットマンの名はイギリスでまず確立し、世界に広まることになりました。帝国大学英文科の学生だった夏目漱石はこれによってホイットマンを知り、やがて日本に初めてホイットマンを紹介する論文を書くことになるのです (1892 年)。アメリカでホイットマンなどの影響下に詩人となったヨネ・ノグチも、イギリスに渡って出した英語の小詩集 *From the Eastern Sea* (『東海より』1903) により一躍「国際詩人」の名を得ますが、その時、最も熱心に彼を推輓《すいばん》してくれたのもこの W. M. ロセッティでした。

COLUMN
IV

love poetry の嘘とまこと

恋とか愛とかは詩歌の恰好のテーマで、世界中で無数のlove poetryがつくられています。が、よく読んでみると、love poetryの中身には嘘が多いことにも気づかされると思います。恋の歌が氾濫している『古今集』など、その例の代表です。「五月山《さつきやま》小末《こずえ》を高み 時鳥《ほととぎす》 鳴《な》く音《ね》空なる恋もするかな」（五月の山の梢《こずえ》で鳴くホトトギスの鳴き声が空にひびく、そんな恋を私はしている）、撰者紀貫之の歌ですが、長々しく自分の恋を形容しているけれども、恋の実体は一言も表現していません。たぶん実体はないのでしょう。恋の歌人の代表と言え在原業平《なりひら》の恋の歌となると、恋のフィクションを繰り広げている感じがします。「写生」をとなえた正岡子規が「『古今集』はくだらぬ集に有之《これあり》候」と罵倒したのも、よく分かります。

同じようなことは英詩の世界でも言えるようです。いちばん御大《おんたい》のシェイクスピアのソネットからして、うまいことうたうなあと思って読むのですが、恋の実体はやはり稀薄で、仮に実在の人に捧げる恋をうたっているにしても、全体がフィクションに覆われているようです。アメリカを代表するポーの絶唱“Annabel Lee”は、むしろあけすけにフィクションを構築し（嫉妬した天使が恋人を天国に奪い去っただなんて）、そのことによって亡妻への思いをうたった（らしい）。しかもこんなフィクションが影響力を持つのです。イギリスのD. G. ロセッティは、出世作と言ってもよい長詩“The Blessed Damozel”でポーの詩の状況をひっくり返し、先に死んで天国へ行った女が、恋人も昇天してくるのを待ち受ける気持ちをうたいます。より完全にフィクションです。そのくせ恋の思いは見事に表現しています。

love poetryを読む時は、嘘八百の中身でも、その表現にいかに（あるいはいかなる）真実が演出されているのかを探ることも、楽しみの一つだと思います。

11
恋・愛・性（2）

Anne Bradstreet

この辺で舞台をアメリカに移してみましょう。アメリカ人でも同じ人間で、「愛・恋・性」の詩と熱心に取り組んできたことに違いはありません。ただその取り組み方に、微妙な、というより相当な違いがあるように私は思います。あるいは、そういう違いを見出したように思うと、読者としては面白くなり、いろいろと思いをめぐらすのかもしれません。

Anne Bradstreet Track25

To My Dear and Loving Husband

If ever two were one, then surely we.

If ever man were loved by wife, then thee;

If ever wife was happy in a man,

Compare with me, ye women, if you can.

I prize thy love more than whole mines of gold

Or all the riches that the East doth hold.

My love is such that rivers cannot quench,

Nor ought but love from thee, give recompense.

Thy love is such I can no way repay,

The heavens reward thee manifold, I pray.

Then while we live, in love let's so persevere

That when we live no more, we may live ever.

わが愛するやさしい夫に

もしも二つが一つになるとしたら、まさしくそれはわたしたち。

もしも夫がしんじつ妻に愛されるとしたら、それはあなた。

もしも妻が夫によって幸せになるというのなら、

ご婦人方よ、わたしと比べてみて下さい、比べられるものならば。

わたしは尊《たっと》ぶあなたの愛を、世界中の金鉱よりも、

東洋にあるすべての富よりも。

わたしの愛は川の流れも消すことができず、

あなたの愛よりほかに何物も報いることのできぬもの。

あなたの愛はわたしがいかにしてもお返しできぬので、

天が何倍にもして償って下さることを祈ります。

それでこの世にある限り、愛しあって堅忍しましょう、

いのちの終わる時、永遠に生きられますように。

この詩の作者アン・ブラッドストリート（1612頃～72）は、イギリスでロバート・ヘリックと近い時代の人でした（没年は2年しか違わない）。ヘリックは英国国教会の牧師だったのに対して、彼女は父も夫も聖職者ではあったが、国教会に背を向けたピューリタンでした。そして1630年にアメリカに渡りマサチューセッツ湾植民地を建設したグループに加わる。父も夫もやがてその植民地総督にまでなりました。アンはそういう人たちの娘、夫、そして8人の子供の母としてたいへん苦労しながら、詩を書いたわけです。1650年（ヘリックの『ヘスペリデス』が出た2年後）、彼女の義弟がイギリス本国へ帰った時、持参した彼女の原稿を本人に無断で出版した。*The Tenth Muse, Lately sprung up in America*（『最近アメリカで生まれた十番目の詩神』）という意味深い書名です。詩神（ミューズ）は9人ということになっているのですが、当時、アメリカに文化などないと思っていたイギリス人に向かって、いや、10番目の詩神がアメリカに生まれたよと宣言し、この詩集がその証明だと差しつけたわけです。

が、この詩集の中身はアンがまだイギリスにいた頃の作品が多くて、当時のイギリス詩壇のお偉方の作風を学んで真似た感じが強い。内容にも表現にも新味がないんです。彼女はアメリカに来てから、日常の生活や個人的感情を率直にうたい出した。そういう作品を収め、彼女の死後に出版された *Several Poems*（『いくつかの詩篇』1678）の方に、彼女の詩の魅力があらわれています。「わが愛するやさしい夫に」は、そういう中でも代表的な1篇と言ってよいでしょう。

アメリカ建設の精神的土台となったピューリタンというと、厳しくて冷たい人間たちの印象が強いです。実際、この詩のうたい方は「ねえさん方《がた》よ」と呼びかけるようなヘリックの歌い方と比べると、粛々として揺るぎがありません。内容も夫との愛情関係を正面から堂々とうたい上げて、外からの口出しを許しません。しかし詩全体の印象はまじり気のない愛の讃歌で、ピューリタンが実は極めてヒューマンであったことを証明しているようです。

全 12 行が heroic couplets（英雄詩体 2 行連句、iambic pentameter 弱強 5 歩格の行が 2 行ずつで対をなして押韻しながら進む）を成し、最後の 2 行だけ 1 母音増やして余韻を生んでいます。整然たる形です。冒頭の 3 行で If ever ...（もしも〜ということがあるとしたら）を繰り返して夫との関係を平然とうたい上げ、ほとんどユーモラスなくらいです。ただ、まるで恥ずかし気もなく愛の讃歌をかなでているようでありながら、最後の 2 行に来て、はっとピューリタンとしての信仰を思い出したかのように、この地上での二人の愛は天上で永遠の生を得るための準備にほかならぬということを確認する。11 行目 persevere は堅忍して永遠の救いにいたる行いを言い、12 行目は That ... may（〜するために）の構文です。最後に、ピューリタン信仰ってやっぱりすごいな、と思わせますが、アメリカ詩の出発点にこういう詩人がいて、こういう愛の詩があったことは、意味深いことのように私は思います。

Edgar Allan Poe
もっとも有名な肖像画の一つ。
Barett Library,
University of Viegina 所蔵

Edgar Allan Poe

Track26

Annabel Lee

It was many and many a year ago,
In a kingdom by the sea,
That a maiden there lived whom you may know
By the name of Annabel Lee; —
And this maiden she lived with no other thought
Than to love and be loved by me.

She was a child and *I* was a child,
In this kingdom by the sea:
But we loved with a love that was more than love—
I and my Annabel Lee—
With a love that the wingéd seraphs of Heaven
Coveted her and me.

And this was the reason that, long ago,
In this kingdom by the sea,
A wind blew out of a cloud, by night
Chilling my Annabel Lee;
So that her high-born kinsmen came
And bore her away from me,
To shut her up in a sepulchre
In this kingdom by the sea.

アナベル・リー

昔むかしのことでした、
　　　海のほとりの王国に、
ひとりの乙女が住んでいました
　　　知ってるでしょ、アナベル・リーという名の――
乙女の思いはただひとつ
　　　わたしと愛し愛されることでした。

彼女は子どもでわたしも子ども、
　　　海のほとりのこの王国で、
けれど愛しあっていた、愛よりも大きな愛で
　　　わたしとアナベル・リーは――
翼をつけた天使たちが
　　　彼女とわたしから欲しがった愛をもって。

そのゆえにこそ、遠いむかし、
　　　海のほとりのこの王国で、
夜、雲間から風が吹きつけ
　　　わがアナベル・リーを凍《こご》えさせたのです。
高貴な生まれの親戚が来て
　　　彼女をわたしから連れ去って、
お墓の中に閉じ込めたのです、
　　　海のほとりのこの王国の。

The angels, not half so happy in heaven,
Went envying her and me:—
Yes! that was the reason (as all men know,
In this kingdom by the sea)
That the wind came out of the cloud, chilling
And killing my Annabel Lee.

But our love it was stronger by far than the love
Of those who were older than we—
Of many far wiser than we—
And neither the angels in Heaven above
Nor the demons down under the sea
Can ever dissever my soul from the soul
Of the beautiful Annabel Lee:—

For the moon never beams without bringing me dreams
Of the beautiful Annabel Lee;
And the stars never rise but I feel the bright eyes
Of the beautiful Annabel Lee;
And so, all the night-tide, I lie down by the side
Of my darling, my darling, my life and my bride,
In her sepulchre there by the sea—
In her tomb by the side of the sea.

天使たちは天国で半分も幸せでなく、
　　彼女とわたしを羨んだのです――
そう！　それゆえにこそ（海のほとりの
　　この王国の誰も彼もが知るように）
雲間から風が吹き寄せ、凍えさせ、
　　亡き者にしたのです、わたしのアナベル・リーを。

けれどわたしたちの愛ははるかに強かった
　　もっと年いった人たちの愛よりも――
　　ずっと知恵ある人たちの愛よりも――
そして天国の高みにいる天使たちも
　　海の底に住む悪霊たちも
わたしの魂を切り離すことは決してできないのです
　　美しいアナベル・リーの魂から――

なぜなら月の照るごとにわたしは見る
　　美しいアナベル・リーの夢を。
星の昇るごとにわたしは感じる
　　美しいアナベル・リーの輝く目を。
それで夜もすがらわたしは横たわる
わたしのいとしい人、わたしの命、わたしの花嫁のかたわらに
　　海のほとりの墓の中の――
　　海辺の墓のかの人のかたわらに。

アメリカもロマン派時代に進みますが、バーンズの「赤い赤いバラ」に対応しうるような天真爛漫でしかも詩情横溢する恋の詩は、文化的に後進国で真面目が身上のこの国土ではなかなか見つけ難い。が、意外と言うべきか、ポーの詩のような、いわば神韻縹渺《しんいんひょうびょう》たる恋の詩が欠を埋めてくれるのです。よく言われることですが、ポーの詩の女性はどうも肉体感、というか肉体的な現実感が乏しい。彼の詩論でも主張される人工美の趣きが目立ちます。現実にないものを無理やり作り出した感じですね。ただその出来映えが見事なんです。

「アナベル・リー」は彼の最晩年に作られ、死の2日後（1849年10月）に発表された作品です。亡妻ヴァージニア（作品中ではアナベル・リー）をうたったとされ、人工的な技巧をこらしていますが、それを突き抜け、一見したところシンプルそのものの表現をし、喪失感をそのまま夢幻的な美に昇華し、愛の詩の一つの極致に達しているように思えます。

明かに昔話風の語り口で、語注もほとんど必要としないやさしさです。第3連4行目 Chilling はヴァージニアが1847年1月30日、極寒の中、夜のたれこめる頃に死んだことに呼応する表現でしょう。同5行目 her high-born kinsmen は6行前の the wingéd seraphs of Heaven のこと。最終連1行目 the moon never beams without... は「月が～なしで照ることは決してない」「月が照れば必ず～する」の意味。同3行目 the stars never rise but ... も同種の構文で「星が昇れば必ず～する」の意味になります。

ポーは詩の音楽性を極めて重んじる人でしたが、この詩は Virginia という妻の名を Annabel Lee という美しい音の名（ポーは特に〔el〕音の美しさを愛していた）に変えて全篇に効果的に配した上で、anapaestic tetrameter（弱々強4歩格）と同じく trimeter（3歩格）を交互におき、Lee の［iː］音でもって押韻を支配するという、ものすごい韻法をくり広げ、最後の2行も同じ couplet で締めています。また最後の連の脚韻を踏まない行は中間韻を踏んでいます。内容の繰り返しと相まって、音の効果が重なり、シンプルな言葉遣いですがやはり神韻縹渺ですね。

最後に、ロセッティの性愛の詩に対応するようなアメリカの詩を探ってみたい。Edna St.Vincent Millay の、やはりソネットの一篇などいかがでしょう。

Edna St. Vincent Millay
1916年(24歳)、ヴァッサー・カレッジのキャンパスにて

Edna St. Vincent Millay

Track27

"What lips my lips have kissed, and where, and why"

What lips my lips have kissed, and where, and why,
I have forgotten, and what arms have lain
Under my head till morning; but the rain
Is full of ghosts tonight, that tap and sigh
Upon the glass and listen for reply,
And in my heart there stirs a quiet pain
For unremembered lads that not again
Will turn to me at midnight with a cry.
Thus in the winter stands the lonely tree,
Nor knows what birds have vanished one by one,
Yet knows its boughs more silent than before:
I cannot say what loves have come and gone,
I only know that summer sang in me
A little while, that in me sings no more.

どんな唇と唇を重ねたか、
どこで、どうして

どんな唇と唇を重ねたか、どこで、どうして？

わたしは忘れてしまった、どんな腕が

わたしの頭の下に朝まであったかも。けれど雨は

今夜、亡霊でいっぱいになって窓を叩き、

ため息し、返事がないか耳を澄ます、

と、わたしの心の中で、静かに苦痛が芽生える、

夜中に声をあげてわたしにせまってくることのもはやない、

忘れてしまった若者たちを思って。

こうして冬、木が一本わびしくたたずみ、

どんな鳥が次々と飛び去って行ったか知らぬが、

枝がますます静かなことは分かっている。

どんな愛が来てまた去ったかわたしは知らぬが、

ただ分かっている、夏がほんのしばらくの間、

わたしの中で歌声をあげた、だがもう歌うことのないことは。

ロセッティの性愛の詩に対応するような詩を、アメリカに見つけることは容易でありません。ポーの詩の女性には肉体感がないと私は言いましたが、アメリカの詩人はロセッティのように肉体の美を芸術として平然と愛《め》でる余裕がなかったみたいなのです。やはりクソ真面目なんですね。ようやく1920年代―― 女性の解放が大いに進み、フラッパーと言われる女性たちも出現した時代―― まで下って、時代の女チャンピオンみたいな役割を演じたエドナ・セント・ヴィンセント・ミレーの詩に、私はその片鱗のようなものを見出します。今ではもう忘れられた詩人と言われそうですが、結構に魅力的な小詩人です。

エドナ・セント・ヴィンセント・ミレー（1892～1950）は、メイン州の海岸の小さな町に育ちました。セント・ヴィンセントというすごいミドル・ネイムは、船員だった彼女の叔父が遭難して奇跡的に命助けられた病院の名を取ったのだそうです。母親は離婚した後、看護婦として3人の娘を育てるかたわら、子供たちに本を読ませ、音楽を学ばせ、独立心を養った。で、エドナは早くから詩を書き、その文才を愛でた人の援助でヴァッサー・カレッジを卒業、その年に詩集 *Renascence and Other Poems*（『再生、その他の詩集』1917）を出版して評判になりました。それからニューヨーク市に出、グリニッチ・ヴィレッジに住み、この地域にたむろする若き文学者や左翼的な政治活動家たちと交わり、またアメリカ近代劇の先駆けとなった劇団「プロヴィンスタウン・プレイヤーズ」Provincetown Players に参加、脚本を書いたり、自ら出演したりします。向こう意気強く、反体制運動の闘士だったフロイド・デルに the Gamine of Greenwich Village（ヴィレッジのおてんば）と呼ばれたりもします。デルを含めて、男女関係はいろいろあったようです。

そういう自由な生き方が、近頃、彼女をフェミニズムの先駆者として注目させる要因になっているかもしれません。が、その詩作品も再評価を待っているように私には思えます。多方面の詩を書いた人ですが、ソネットもよく書いていました。ロセッティのようにシリーズとして書いていたわけではないですが、彼女の *Collected Poems*（『全詩集』1956）には178篇のソネットが収められていて、ここに紹介するのはその第42番。題はありません。中年または初老に近づいてからの作品でしょう。自分自身を題材としてうたっている点に、大きな真実感があります。

このソネットは連に別ける仕立てになっていませんが、内容や脚韻から見て前半8行（4行連二つ）と後半6行（3行連二つ）の二つに別れて成り立ち、ロセッティの詩と同じ Italian form で、肉体的な恋の歴史と心の歴史を重ね合わせて、やはりドラマチックな構成になっています。冒頭3行で読者にショックを与えるような表現をしておいてから、それを過去のこととして今の心境をうたうのですが、4行目の ghosts は作者に見捨てられた（あるいは作者を見捨てた）若者たちの亡霊、9行目の the lonely tree は今や孤影悄然とも言うべき自分の姿でしょう。

この詩は全体として、下手すれば「魔女」と呼ばれかねない自分の life の内なるドラマを、ほとんど淡々とうたっているようです。ソネットは複雑な内容を短い形にまとめるので、余分なことはいっさい省いて引き締まった表現が身上となりますが、それをこの詩はことなげになしとげ、小品ながら捨て難い味があるように思います。

12
詩心をうたう（1）

詩のうたうテーマをいろいろと吟味してきましたが、最後に近づいたので、「詩心」を取り上げましょう。ここに言う「詩心」とは、詩人が詩を創造する時の心の在り方のことです。詩人（本格的な本物の詩人）を詩人たらしめる要素はもちろん複雑多岐で、簡単に説明しつくせるものではありません。が、私は絶対に必要不可欠な要素が二つはあると思います。詩才と詩魂です。詩才については、説明するまでもない。これがない人は、詩を詩たらしめる表現ができません。朴訥で一見稚拙な言葉遣いでも、魅力的な詩を書く人はいます。上っ面でない、底のところで、詩才が働いているんでしょうね。詩魂の方はもうちょっと面倒です。今どきそんなものを強調すると、古くさいロマン派の残党、と嘲笑されるかもしれません。しかし、私はこれあっての詩だと思います。流行歌の歌詞や商品のリズミカルな宣伝文句などを書いて巧みな人がいます。その人物紹介に「作詞家」とある。うまいこと言うなあと思います。「詩人」ではないのです。詞《ことば》は作れるが、詩魂がないからです。では詩魂とは何か。

自分の何としても言いたいことを、いわば存在を賭けて詩にする魂です。感動とか憤激とか、歓喜とか悲哀とか、あるいは憧憬とか絶望とか、そういう心の真実の動きから言挙げする魂です。いわゆる現代詩には、そういうロマンチックな情念を軽蔑して成り立っている部分があります。またその軽蔑を公然と揚言する詩人もいます。それはそれで一つの新しい方向の模索の姿かもしれません。が、その結果、詩は衰弱してきてしまったように、私には思えます。

しかしながら、詩人に不可欠なそういう詩才と詩魂が調和して並び立ち、あるいは互いに助け合いながら詩人に思い通りの詩を書かせるという幸せな状況は、現実にはなかなか期待しえません。多くの才能ある詩人が、詩を創造しようとする時の自分の心をどう扱ったらよいか、別の言い方をすれば自分の詩的創造力つまり詩心をどう発展させたらよいか分からず、迷い苦しまなければならない。そしてその迷いや苦しみを詩に表現することによって、何とか安らぎを得ようとしました。と言うより、詩心のそういう彷徨や模索や苦闘の姿を自覚し、表現することが、すぐれた詩人の自己証明のようなものになってきたと言えるように思います。

Israfel

And the angel Israfel, whose heart-strings are a lute,
and who has the sweetest voice of all God's creatures.
——— KORAN

In Heaven a spirit doth dwell
"Whose heart-strings are a lute;"
None sing so wildly well
As the angel Israfel,
And the giddy stars (so legends tell),
Ceasing their hymns, attend the spell
Of his voice, all mute.

Tottering above
In her highest noon,
The enamoured moon
Blushes with love,
While, to listen, the red levin
(With the rapid Pleiads, even,
Which were seven,)
Pauses in Heaven.

And they say (the starry choir
And the other listening things)
That Israfeli's fire
Is owing to that lyre
By which he sits and sings—
The trembling living wire
Of those unusual strings.

イズラフェル

そして天使イズラフェル、その心の糸は琵琶となり、
神の造りたまいしすべてのもののうち最も美しい声をそなう。
——— コーラン

天上にひとり精霊すみたまい、
　　「その心の糸、琵琶となる」。
えもいわれぬ歌の巧みさ、何ぴとも
この天使イズラフェルには及ばない。
めくるめく星たちも（伝説の伝えるところ）
歌をやめ、みんな黙して、
　　聴きほれる、その声の魔力に。

よろよろと、真夜中に
　　中天高くよろめきながら、
　　恋心そそられた月は
愛の想いに顔赤らめる。
　　また紅《くれない》の稲妻も、耳傾けるため、
　　（7人で急ぎ駆けゆく
　　すばる星まで一緒になって）
　　天空に立ち止まる。

みなが言う（星の合唱隊や
　　耳傾けるもろもろの者たちが）
イズラフェルの火をなす調べは
彼、そばにすわってうたう
　　あの竪琴のおかげだと——
あの常ならぬ糸からなる
　　生命《いのち》もってふるえる弦のおかげだと。

But the skies that angel trod,
Where deep thoughts are a duty—
Where Love's a grown-up God—
Where the Houri glances are
Imbued with all the beauty
Which we worship in a star.

Therefore, thou art not wrong,
Israfeli, who despisest
An unimpassioned song;
To thee the laurels belong,
Best bard, because the wisest!
Merrily live, and long!

The ecstasies above
With thy burning measures suit—
Thy grief, thy joy, thy hate, thy love,
With the fervour of thy lute—
Well may the stars be mute!

Yes, Heaven is thine; but this
Is a world of sweets and sours;
Our flowers are merely— flowers,
And the shadow of thy perfect bliss
Is the sunshine of ours.

If I could dwell
Where Israfel
Hath dwelt, and he where I,
He might not sing so wildly well
A mortal melody,
While a bolder note than this might swell
From my lyre within the sky.

しかし、この天使の歩むのは、
　　深い想いがつとめである空——
愛が円熟した神としておわし
　　天女らのまなざしに
　　地上の者が星を仰いで拝跪《はいき》する
　　すべての美の宿っている空。

してみれば、君は正しい、
　　イズラフェルよ、情熱のこもらぬ歌を
見下してさげすむのも。
月桂冠は君のもの、
　　この上なく賢くて、この上なくすぐれた詩人よ!
心楽しく、永久《とわ》に生きよ!

天上の恍惚は
　　君の燃える調べにふさわしい——
君の悲しみ、君の喜び、君の憎しみ、君の愛は
　　灼熱の君の琵琶にふさわしい——
　　星たちが黙してしまうのも当然だ!

そう、天上は君のもの、しかし地上は
　　楽しみと苦しみの混じりあう世界。
　　われらの花はただの—— 花、
君の完璧な幸せの落とす影が
　　われらの幸せの光かがやくところ。

もしもこのわれ
イズラフェルの住みきたる所に住み、
　　彼、わが住む所に住んだなら、
彼もあれほど巧みにうたえないかもしれぬ
　　人の世のメロディーを、
また、いやまさる調べがあふれ出るかもしれぬ
　　天上のわが竪琴から。

エドガー・アラン・ポーを、つまらない現実世界に詩心をどう立ち向かわせるか、最も苦しんだ人の代表としてまず取り上げることに、ほとんど異論は出ないのではないでしょうか。ポーは文化的後進国のアメリカで、財産もないのにたぶん初めて文筆で食うことを目指した人で、極貧のうちに生涯を送ったことはよく知られています。アメリカは産業革命にさしかかり、物質主義が支配的になり、愛とか美とかに最高の価値をおく彼の詩心は深い嘆きを発せざるをえませんでした。その思いを表現したのが、ここに示す「イズラフェル」と題する詩で、彼の事実上の出世作 *Poems*（『詩集』1831）に収められて、有名な“To Helen”と並ぶ傑作詩です。彼の詩人としての基本をうかがう上でも重要な作品だと思います。

イズラフェルというのは、イスラム教の 4 大天使の一人で、最も美妙な歌声の持主だそうです。ポーがコーランからの引用として注記しているところによると、彼は自分の心臓の筋《すじ》を琵琶の弦のようにして弾く、つまり自分の命を賭けて歌声をあげる芸術家です。それでポーは、その歌声のすばらしさをさまざまに表現してみせるのですが、第 4 ～ 6 連まで来て、この天使の住む天上は芸術とか愛とかがあがめられる国なので、恍惚の調べが生まれるのも当然だ、とうたった後、第 7 連で一転、自分の住む地上は a world of sweets and sours（楽しみと苦しみの混じりあう世界）、天国での完璧な幸せの影をなす部分がまるで幸せの日だまりであるような世界だと言って、そういう地上で生きる嘆きを発するのです。

だが、最後の第 8 連を見てください。イズラフェルと自分が住む状況を取り換えたらどうだろうか。彼は地上の人間のメロディーを今のように巧みにうたえないかもしれないし、自分は今より大胆な調べを天上の竪琴からあふれ出させられるかもしれない、と言うのです。やっぱり自分がつまらぬ地上の存在であることを嘆いてはいるんですが、状況さえ違えば自分だってイズラフェルに負けないぞと、挑戦しているようにも聞こえます。嘆きか挑戦か。そのどちらを取るかは、たぶんこの詩を読む人の気分とか精神とかによるんでしょうね。

ポーはこういう詩心の複雑で微妙な揺れを、そのままうたい上げています。なにしろ歌の天使が主人公ですから、全 8 連、各行の一見不揃いな長さの中に、実にリズミカルに言葉をくり広げています。ほかの要素を度外視して韻だけに注目しても、その徹底ぶりにほとんどあきれる思いです。第 1 連は、Israfel の名のなめらかな el 音が 7 行のうちの 5 行で脚韻をなし、残りの 2 行では楽器 lute の ute の音で押韻しています（第 3 連ではやはり押韻のため、楽器を lyre に変えてしまっています）。ほかの連も同様の工夫に満ちていますので、注意してみて下さい（第 4 連 1 行目の trod は現在形で treads とあるべきところですが、3 行目の God と押韻のためにこうなったもの。第 8 連 5 行目の melody は、7 行目の sky と押韻して［ai］と発音するんでしょうね）。

構文上、難しいところはほとんどありません。第 2 連 2 行目の noon は、ここでは midnight のこと。同 6 行目の Pleiads は「すばる星」。ギリシャ神話で猟師の Orion（「オリオン星座」）に追われた 7 人の姉妹が星になったものとされています。それで rapid（急ぎ駆けゆく）なのです。第 3 連 3 行目 Israfeli は Israfel と同じ。音を整えるためにこうなっただけです。第 4 連 4 行目 the Houri はイスラム教の天国に住むと言われる美女です。第 8 連 2 行目 and he where I は and if he should live where I have dwelt を縮めたもの。大胆で見事な簡約表現だと思います。

今度は一挙に趣きを変えて、第二次世界大戦後のアメリカの現実に揺らぎ、抗《あらが》う「詩心」の表現を見ることにしましょう。

Allen Ginsberg Track29

A Supermarket in Calfornia

What thoughts I have of you tonight, Walt Whitman, for I walked down the sidestreets under the trees with a headache self-conscious looking at the full moon.

In my hungry fatigue, and shopping for images, I went into the neon fruit supermarket, dreaming of your enumerations!

What peaches and what penumbras! Whole families shopping at night! Aisles full of husbands! Wives in the avocados, babies in the tomatoes! — and you, Garcia Lorca, what were you doing down by the watermelons?

I saw you, Walt Whitman, childless, lonely old grubber, poking among the meats in the refrigerator and eyeing the grocery boys.

I heard you asking questions of each: Who killed the pork chops? What price bananas? Are you my Angel?

I wandered in and out of the brilliant stacks of cans following you, and followed in my imagination by the store detective.

カリフォルニアのスーパーマーケット

わたしは今夜、あなたにどんな思いを抱いているか、ウォルト・ホイットマンよ、わたしは自意識で頭が痛く、満月を眺めながら木かげの小道を歩いていたんだけど。

空腹で疲れ、イメージの買物をしに、わたしはネオンの照らす果物スーパーマーケットに入った、あなたのカタログを思い描きながら！

何たる桃、何たる陰影！ 家族総出で夜中に買物している！ 通路は夫たちでいっぱい！ 妻たちはアボカドにはまり込み、赤ん坊たちはトマトに！—— そしてあなた、ガルシア・ロルカよ、あなたは西瓜の脇っちょで何してた？

あなたが見えた、ウォルト・ホイットマンよ、ひとり身の年取った働き者が、冷蔵庫の肉を突っつき、売り場の若者をじっと見つめている姿。

あれこれ質問しているのが聞こえた、豚の切り身を切ったのは誰？ バナナはいくら？ 君はぼくの天使？

わたしはあなたの後について、ぎらぎらと積まれた缶詰の山に入ったり出たりした、たぶん店の見張り役が後ろについてきているなと思いながら。

We strode down the open corridors together in our solitary fancy tasting artichokes, possessing every frozen delicacy, and never passing the cashier.

Where are we going, Walt Whitman? The doors close in an hour. Which way does your beard point tonight?

(I touch your book and dream of our odyssey in the supermarket and feel absurd.)

Will we walk all night through solitary streets? The trees add shade to shade, lights out in the houses, we'll both be lonely.

Will we stroll dreaming of the lost America of love past blue automobiles in driveways, home to our silent cottage?

Ah, dear father, graybeard, lonely old courage-teacher, what America did you have when Charon quit poling his ferry and you got out on a smoking bank and stood watching the boat disappear on the black waters of Lethe?

わたしたちは広い通路を一緒に大股で歩いた、わびしい空想のなかで、キクイモを食らい、冷凍の珍味を片端から取り込んだ、レジの前は通らないで。

わたしたちはどこへ行くの、ウォルト・ホイットマンよ、あと一時間で店は閉まる。あなたの髭は今夜どちらを向いている?

(わたしはあなたの本に触れ、スーパーマーケット内のわたしたちのオデュッセウスを夢見、ばかみたいと思う。)

わたしたちは夜どおし淋しい道を歩くの? 木々は陰をこくし、家々の明かりは消え、二人はともにわびしくなるよなあ。

わたしたちは失われた愛の国土アメリカを夢見ながらさまよい歩き、車回しの薄暗い車の間を通り、静まり返った小屋に帰るのかしらね?

ああ、わが親父、白髭で、ひとり身の、年とった勇気の師よ、三途の川の渡し守が舟に棹さすのを止め、あなたが煙の立ちのぼる岸に降り立って、忘却の川の真黒な水面に消えていく舟を見送った時、どんなアメリカがあなたにはあったのですか?

アレン・ギンズバーグ（1926 〜 97）はビートニク Beatnik とか Beat Generation と呼ばれる、ある種明確な主張と表現を持って 1950 年代に出現し、アメリカの詩壇、文壇、あるいはもっと広く文化社会をゆさぶったグループを代表する詩人の一人です。この時代、アメリカは共産主義勢力との冷戦―― そして間もなくベトナム戦争にのめり込んでいく状況―― にあって、伝統的体制を守ろうとする余りに、少数派の人種や階層を差別、人間性を軽視する文化現象を、さまざまな分野にくり広げていました。ビート世代の若者たちはそれに嫌気がさし、保守的で自己満足的な中産階級的価値観に反逆し、「生」のあらゆる局面において人間性の徹底的な解放を主張したのです。「ビート」という言葉の起りについては、音楽で強いリズムを意味する beat だとか、至福を意味する beatitude の beat だとかいろいろ言われますがよく分かりません。「打つ」「叩く」という意味も含めて、何となく語感がよいのでしょう。

ギンズバーグはユダヤ系詩人の父、ロシア系移民の母の間に生まれました。少数派の育ちですね。コロンビア大学で学びましたが、ルールを破ることに情熱を燃やし、2 度の退学処分を受けたようです。ブレイクに心酔したというのは、この頃かしら。しかし、自由に自己表現できるようになったのは、1954 年、サンフランシスコに移ってからだと言われます。ホイットマンを夢中になって読んだ。そして 1955 年 10 月 9 日、6 人の詩人仲間と朗読会を催し、長詩 “Howl”（「咆える」）を朗読、一挙に注目を集めるのです。“I saw the best minds of my generation destroyed by madness, starving hysterical naked, ...（わたしは見た、狂気によって破壊されたわたしの世代の最良の精神の者たちを、飢え、ヒステリックになり、裸で…）という行で始まり、その best minds の人たちの有様をえんえんとうたう（ホイットマンの詩のように who ..., who... とつないで叙述していく）。そうすることによって、人間性を破壊している現在のアメリカ、というより現代の文明を弾劾するんですね。そしてサンフランシスコの本屋 City Lights Books から、これを中心にした詩集 *Howl and Other Poems*（1956）が出版されるのですが、猥褻の廉《かど》で訴えられ、また評判になりました。詩集の扉にはホイットマンの詩（“Song of Myself”§24, 本書30頁参照）から

Unscrew the locks from the doors!
Unscrew the door themselves from their jambs!

の2行を引いて、あらゆる障壁をぶち破り自由な存在を獲得しようという詩人の「詩心」の叫びを告げてもいます。そういう歴史的な詩集ですが、その中に “A Supermarket in California” も収められていました。

「カリフォルニアのスーパーマーケット」は、ギンズバーグの詩としてはおとなしい表現の小品と言うべきもので、1955年にバークレー（サンフランシスコ郊外、カリフォルニア大学の所在地）で書かれたようです。スーパーマーケットに入って店内を見ているうちに、ホイットマンと一緒に見て歩く姿を想像するんですね。ただそれだけの内容ですが、dear father, graybeard, lonely old courage-teacher と親しみを込めてホイットマンに呼びかけるようになっていく。

ちょっとだけ語句の説明をしてみますと、まったくの自由詩形ですが、各行が恐ろしく長い。ホイットマン自身の詩よりも長い行を次々とくり出していくのです。一応、三つの連から成っていて、第1連2行目に dreaming of your enumerations と言うのは、ホイットマンの詩には「カタログ手法」と言って、いろんな事物や人間世界の現象をカタログのように列挙していく個所が多い（本書35頁参照）ので、詩人はスーパーマーケットの多数の商品にそういうカタログのようなものを思い浮かべているのでしょう。同3行目、客の誰かに Garcia Lorca の面影を見る（あるいは見たように思う）のですね。ガルシア・ロルカ（1898～1936）はスペインの詩人・劇作家です

が、1929-30年にアメリカに旅行し、その機械文明の非人間性を嫌悪、*Poeta en Nueva York*（『ニューヨークの詩人』1930年完成、没後の40年刊）で告発しています。彼はスペインの内乱でファシスト派に殺されてしまった。それやこれやで、ギンズバーグは親近感を持っていたんでしょうね。第2連2行目 Are you my Angel? ホイットマンが店員にこんなことを言っていたというのは、彼が同性愛者だった（?）ことを意識してのことかもしれません。ギンズバーグ自身にも同性愛の傾向があったかどうかは私は知りませんが、「吼える」の中に同性愛行為を肯定的にうたっている個所はいくらもあります。このようにして、ホイットマンとスーパーマーケットの中を歩きまわる。「空想の中で」ですよ。そして商品のキクイモをかじったり、冷凍食品（菓子のようなものか）をくすねたりもする（possessing はここでは万引き行為でしょうかね）。二人の楽しい行動がマンガ的に、ユーモラスに表現されています。第3連2行目 our odyssey。ホメロスの『オデュッセイア』は、トロイ戦争の勝利後、英雄オデュッセウスの帰国までの10年間の放浪を語る叙事詩です。ここではもちろんスーパーマーケットでの放浪を大袈裟にたとえている。それで feel absurd なのです。

さて、最後に来て、作者はホイットマンに対し、あらためて先に引用したような親しみを込めた呼びかけをした後、ギリシャ神話に由来するメタファーなんぞを用いて、こんな風にうたいます。黄泉《よみ》の国にいたるスチュクス川（日本で言う三途の川）の渡し守カローンがあなたを渡し終わって、煙りの立つ向こう岸にあなた（ホイットマン）が降り立ち、舟が忘却の川レテの真っ黒な水面に消えていくのを眺めた時（つまりあなたが死んですべてを忘れてしまう時）、最後に念頭に残っていたアメリカはどんなだったですか?　これが作者（詩人）の最後の（真剣な）問いです。現在のアメリカよりは良かったか、悪かったか。それがどんなだったにしろ、ホイットマンはいま自分とともにいて、勇気を与えてくれる師なんですね。詩人はいま、ホイットマンの状況に自分をおき、自分の「詩心」を養おうとしているんじゃないか。そんな雰囲気をただよわせて詩は終わるわけです。

ホイットマンも逆境にあった詩人ですが、いま、自由な思いと自由な表現を与えてくれている。スーパーマーケットという全く日常的な所をそのホイットマンとともに odyssey する——そういう空想自体が彼の「詩心」の冒険です。その有様を「咆える」と違って軽やかに、むしろ滑稽感すら込めてうたい上げています。いささか捉えどころのない作品の締めくくりのように見えますが、現状に堪えようとしている詩人の抑えに抑えた烈々たる「詩心」を私は感じます。

Allen Ginsberg 1979年(53歳)
若い頃は野性的な髭面で知られていた

COLUMN
V

アメリカ詩の東と西

本書で私はしばしばイギリスの詩とアメリカの詩を対比して、それぞれの大まかな特色を語るようにしています。しかし本当のところ「アメリカ」と言っても、これが途方もなく広くて、その東と西とでは風土も文化も、従って詩の特色も大きく違い、一口でまとめてしまえるものではありません。

本書で取り上げたアメリカ詩人のうち、圧倒的多数を占めるのはいわゆるNew Englandの詩人たちです。Bradstreet、Taylor、Thoreau、から始まって、Dickinson、Frostへと到ります。ただしディキンソンは、ニュー・イングランドの人といっても東海岸からはるかへだたった奥地に生きました。フロストとなると、生まれは西の果てCaliforniaです。そしてディキンソンよりほんの少し前から、東海岸ではあるがずっと南の世俗都市NewYorkで、Whitmanが「アメリカ、アメリカ!」とわめいたのです。それからホイットマンやディキンソンのほぼ半世紀後に、こんどは俗悪極まりない中西部の新興都市シカゴで、ここにも「詩」があるぞ! と叫んでみせたのがSandburgでした。

さらにはまた半世紀後、西の果てのSan Franciscoにビートの詩人たちが集まり、Ginsbergがわめき声を挙げました。この時、彼が“A Supermarket in California”で、ホイットマンと連れ立って歩く幻想にふけったのは実に象徴的です。東の端で元気溌溂だった詩人が、1世紀後に西の果てに来て、若い詩人にcourage-teacherと仰がれながら、二人して現代のodysseyを楽しんでいる。

詩の舞台というか、詩を生んだ土地が、国土の発展に応じてあちこちに広がり、それぞれの地方の魂を吸収するようにして、詩風を繰り広げて見せていく。この有様もアメリカ詩を読む楽しみの一つです。

13
詩心をうたう（2）

W. B. Yeats

ポーの詩心は、文化的にも芸術的にも貧困なアメリカの現実を嘆き、「天上の美」の実現に思いを寄せる体のものでした。ギンズバーグの詩心は、むしろ非詩的なアメリカの現実の中で、耐え忍んで詩心を養おうとする体のものでした。二人の詩は正反対の方向を向いているようですが、ともにどこかでnaïveな感性と生き方をもとにした詩心のような気がします。

イギリスでは、同じように現実から飛躍の思いをあらわした詩で、現代詩に先駆けた有名な作品をまずあげると、アイルランド出身の詩人W.B.イエイツの“Sailing to Byzantium”(1928)があります。しかしポーやギンズバーグの作品と比べると、詩の成り立ちがはるかに複雑で、面倒なメタファーの積み上げが目立って、詩心そのものもなかなか生き生きと捉え難い。要するに、アメリカ詩の基本的なnaïveさと比べた時の、イギリス詩の長い伝統の重みを感じさせるのです。好き嫌いとは別のこととして。

William Butler Yeats Track30

Sailing to Byzantium

I

That is no country for old men. The young
In one another's arms, birds in the trees
—Those dying generations— at their song,
The salmon-falls, the mackerel-crowded seas,
Fish, flesh, or fowl, commend all summer long
Whatever is begotten, born, and dies.
Caught in that sensual music all neglect
Monuments of unageing intellect.

II

An aged man is but a paltry thing,
A tattered coat upon a stick, unless
Soul clap its hands and sing, and louder sing
For every tatter in its mortal dress,
Nor is there singing school but studying
Monuments of its own magnificence;
And therefore I have sailed the seas and come
To the holy city of Byzantium.

ビザンティウムへの渡航

I

それは老人の国ではない。互いに抱き合う
若者たち、木々の間の鳥たち
―― かの死にゆく者たち―― が歌うたい、
鮭《さけ》のさかのぼる瀧、鯖《さば》の群がる海、
魚、けだもの、鳥が、夏の間じゅう
胎まれ、生まれ、そして死んでいくものを、ほめたたえる。
あの官能的な音楽に酔って、すべてが
老いることのない知性の記念碑をないがしろにする。

II

年とった人間は取るに足らぬ
ぼろ服をまとっただだの案山子《かかし》だ、
朽ちていく肉体のぼろが増えるごとに
魂が手を叩き声を大にしてうたってやらない限り。
だがそこにはその歌を教える学校はない、
魂が自らの壮麗を記念する碑を学ばない限り。
だから私は海を越えて、
ビザンティウムの聖なる都へとやって来た。

III

O sages standing in God's holy fire
As in the gold mosaic of a wall,
Come from the holy fire, perne in a gyre,
And be the singing-masters of my soul.
Consume my heart away; sick with desire
And fastened to a dying animal
It knows not what it is; and gather me
Into the artifice of eternity.

IV

Once out of nature I shall never take
My bodily form from any natural thing,
But such a form as Grecian goldsmiths make
Of hammered gold and gold enamelling
To keep a drowsy Emperor awake;
Or set upon a golden bough to sing
To lords and ladies of Byzantium
Of what is past, or passing, or to come.

Ⅲ

ああ壁面の金色のモザイクさながら
神の聖なる炎につつまれて立つ聖者たちよ、
その聖なる炎から出て、ぐるりと旋回し、
わが魂の歌の師となりたまえ。
わが感情を滅ぼしたまえ、欲望で病み、
死に行く獣《けだもの》のような肉体に縛り付けられ、
自分が何であるかを知らない感情を。
そして私を永遠の巧《たくみ》なる細工に組み入れたまえ。

Ⅳ

いったん自然から離れた以上、私は決して
自然のままの事物をわが身の形にすることなく、
ギリシャの金細工師がまどろみがちな皇帝を
目覚ましておくために金を打ち、金を引いて
制作するごとき像を造ろう。
あるいは黄金の木の枝に止まらせ、
ビザンティウムの貴顕淑女に向かって、
過ぎ去ったこと、過ぎ行くこと、これからのことをうたわせるごとき像を。

W. B. イエイツ（1865〜1939）は、1880年代のなかばから詩を書き始めましたが、よく知られているように、20世紀初頭から作風を劇的に転換しました。それまではブレイクやシェリーや、さらにD. G. ロセッティなどを愛読しながら、アイルランドの妖精、伝説の世界に美を見出し、神秘的な霊性の世界を詩材とすることが多かったのが、赤裸々な人間や、その世界に目を向けるようになったのです。転換の原因については伝記作家たちがいろいろ言ってくれています（例によって女性関係の破局など）が、ともあれ、夢見がちな神秘主義的ロマン派から、日常的な思考や活動をもとにし現実的で精確な表現をくり広げる作風へと転換しました。しかし、彼は決して高度な芸術意欲を捨てたわけではない。散文集 *A Vision*（『ヴィジョン』1925、決定版1937）で表明するような、心霊現象あるいは心霊の世界への関心というか、関与の思いもありました。相反する思いが彼の中で渦巻き続けたように思えるのです。

"Sailing to Byzantium" を含む詩集 *The Tower*（『塔』1928）は、イエイツの創作力の頂点をなす詩集の一つとされます。が、今述べたような矛盾を含む複雑な思いが凝縮していて、一筋縄ではいかない。それで彼の詩の研究者は、『ヴィジョン』などに表明されている心霊世界の体系と結びつけて考察、説明する傾きがあります。ブレイクの詩の場合と同じですね。ブレイク研究者は彼を詩人としてよりも visionary として語ることが多かった。私は、しかし、ブレイクの詩と同様、イエイツの詩もあくまで「詩」として読みたい——どんなに不十分な理解でもよいから、言葉の芸術として読み解き、味わいたいと思うのです。

"Sailing to Byzantium" は1926年の作といいます。とするとイエイツはすでに61歳。1922年にはアイルランドの上院議員に推され、23年にはノーベル文学賞を受賞し、社会的には十分に自足していられる状況でした。それなのに、彼ははるか彼方のビザンティウムに渡航する思いをうたってみせる。私はそこにイエイツのすさまじい「詩心」の展開を見る思いがして、ここに取り上げることにしたのです。

ビザンティウムとはボスポラス海峡に臨み、アジアとヨーロッパの接点に位置する都市（現在のイスタンブール）で、西暦330年以降、東ローマ帝国の首都として、いわゆるビザンティン文明を発達させました。イエイツはこの古都に、日常的な時間を越える、永遠の芸術の都を思い描いたらしい。『塔』に次いで出た彼のもう一つの代表的詩集 *The Winding Stair and Other Poems*（『螺旋階段』1933）では、この都市のヴィジョン性をもっとたかめてうたった詩 “Byzantium” を収めています。そこから最も分かりやすい句を引くと、都の情景はこうです。“A starlit or a moonlit dome disdains / All that man is, / All mere complexities, / The fury and mire of human veins.”（星明りや月明かりに映えるドームは見くだしている／すべての人間的なものを、／すべてのぐじゃぐじゃしたものを、／人間の血脈がもたらす憤怒《ふんぬ》と汚辱《おじょく》を。）“Sailing to Byzantium” も、都そのものではなく、この都に象徴される「精神のあり方」をうたっている、あるいはそこへ渡航する「詩心」をうたっているように思えるのです。

第I節の冒頭、That というのは、自分が去ってきた世界（具体的にはアイルランド）です。そこは自分のような老人の土地ではない。季節で言えば夏、生み殖やし、音楽に酔い、幸せに世代交代していく若者の土地（4行目 salmon-falls は日本人なら北海道あたりを思い浮かべるところですが、アイルランドにもこの風景はあるらしい）。そしてその土地では、Monuments of unageing intellect は無視されると言います（unageing は「時間を越える」の意味。それまではほとんど単音綴だった言葉遣いが、ここで3、4音綴の連なりとなって、言葉の重みを示しているようです。）

第Ⅱ節。そこでは老人は情けない案山子のような存在だ。魂がMonuments of its own magnificenceを学べる学校はない。(5行目butはbut forまたはwithoutと同じで、「〜ない限りは」の意味)。それで自分は、はるばるとこのthe holy city of Byzantiumへ渡航してきたのだ、と言います。Holy cityと言っても宗教的な意味でのholyではない。ではどういう意味でのholyか。それは第Ⅲ節以下で明かになります。

ビザンティウムというと、教会(たとえばSancta Sophia教会)を重要な舞台とするモザイク模様の超自然的、超人間的図像画が有名ですが、イエイツはそういうものに時空を超えた聖性を見たようです。で、第Ⅲ節の冒頭で、詩人はそういうモザイクの聖者に呼びかけ、ぐるりと旋回して出て来て(3行目perne in a gyreの句にイエイツは特別の意味を込めていたらしく、研究者によってさまざまな説明がなされますが、ここでは単純にperneは「ぐるぐる回る」の命令形。gyreは「旋回」の意味の名詞と解しておきます)、そして自分の魂の歌の師となることを求めるのです(4行目beは命令形)。5行目Consume my heart awayのConsumeは「焼き尽くす」「滅ぼす」の命令形。Heartはもちろん「心臓」ですが、ここでは「知性」と反対の「感情」をつかさどる機関です。訳詩では思い切って「感情」としておきました。最終行のgather me以下は、そういう「感情」を滅ぼして、私を永遠のartifice(巧みに仕上げられた細工)に組み入れて下さい、と求めるのです。

そして第Ⅳ節へ来て、そのartifice of eternityなるものの具体的な姿をうたいます。先のheart(感情)の否定もいささかびっくりの言い草でしたが、1行目Once out of natureからany natural thingまでの言い草も驚かされます。例によって研究者たちはイエイツの真意をいろいろ解釈してくれますが、文字通りに取れば、イエイツにとってnaturalなものはいけないみたい。従って、自然なままの姿で途方もない力を得た(ギリシャ神話に現れる英雄のような)者の姿は望まない。そうではなくて、a golden bough(これにもいろんな説明が必要なようですが、省略します)に止まらせられて、“what is past, or passing, or to come”をうたう黄金の鳥のような、時間を超える精神をうたう、そういう永遠の芸術品としての姿を自分は求める、と言うのです。

作者は詩人ですから、もちろん「詩」を求めます。若者たちがうたうような「官能的な音楽」を否定し、「老いることのない知性」をうたうことを学びたくて、ビザンティウムに来た。そして、heartを否定し、natureを否定し、ついにgolden boughに止まって超時間的なるものをうたう金細工の鳥こそ、わが形としたいと言います。はっきりと、もう人間を超える歌をうたいたいと言っているみたいです。

メタファーにメタファーを重ねてうたった詩で、私のようなシンプル派には分かりにくいですが、要するに時間を超える永遠の芸術品、「老いることのない知性の記念碑」のごとき詩人たろうと彼は思っている。61歳の詩人の、こういうすさまじい「詩心」の表現に、私は感嘆します。さて、しかし、この表現を一篇の詩としてどう評価すべきか、どこに詩としての価値があるのか、読む人によって意見は分かれるような気がします。

この詩は各節8行、各行が10歩格で、abababccと整然たる韻を踏んでいます。が、全体として自由な詩調をなしているのではないか。口語的な表現も目立ちます。そのくせ、繰り返して言うようですが、ものすごいメタファーを積み重ねて、内容に重量感を与えています。メタファーが人間性を圧倒しかねない感じです。ただ、その姿勢を堂々と押し出してもいます。現代の「巨人」のこういう「詩心」の展開ぶりに、私なんぞは正直、辟易も含めて脱帽する思いです。

COLUMN
VI

イギリスの成り立ち

イギリスは小さな島国です。社会も文化も小さくまとまっているだろうなと思うと、どうも違います。日本とアジア大陸との関係と違って、イギリスははっきりとヨーロッパ大陸の一部なのです。

まず国土を見ると、イギリスを代表するEnglandはブリテン島の中央部に位置しますが、北にScotlandがそびえ立ち、西にWalesがかがみ込んで、それぞれ人種的にも文化的にも独自性を主張しています。海をへだてた西のアイルランドは、北東部のNorthern Irelandこそイギリスの一部となっていますが、南の大部分は独立国で、宗教的、社会的に北と対立しています。

なんでこうなったかと言うと、歴史を見れば分かります。ブリテン島にはもちろん先住民がいたのですが、紀元前7世紀頃からヨーロッパ大陸のケルト民族が大移動してきて、これを北や西の山岳地帯に追いやった。それからローマが来て支配しますが、5世紀の後半頃からアングロ人、サクソン人が来て、ケルト人をやはり辺土に追いやった。そして1066年に有名なノルマンの征服があり、これでようやく大陸民族の侵入はなくなりますが、その後もいろんな王朝がヨーロッパの勢力と結びつきながら興亡を繰り返すのです。

スコットランドのBurnsは生涯、辺土の歌を愛し、スコットランドの詩人として生きましたが、周辺の社会や文化を激しく批判・痛罵していた。アイルランドのYeatsも、故国のケルト文化を愛し、アイルランド文芸復興に参画しながら、絶えず故国を出て生きようとしていた。ウェールズのD. Thomasも、ウェールズの生を横溢させる詩を多く残しながら、その生を破ろうとし続けた。辺土に生まれ育った詩人たちの辺土の精神と、それから出ようとする思いとの間の緊張が、「イギリス」詩に独自の味わいを加えているように思えます。

さて、同じように、イギリスのいわば辺土に生まれ育って、そこから出ようとする「詩心」をうたった作品を、もう一篇見てみたいと思います。

Dylan Thomas

Dylan Thomas

Track31

"I have longed to move away"

I have longed to move away
From the hissing of the spent lie
And the old terrors' continual cry
Growing more terrible as the day
Goes over the hill into the deep sea;
I have longed to move away
From the repetition of salutes,
For there are ghosts in the air
And ghostly echoes on paper,
And the thunder of calls and notes.

I have longed to move away but am afraid;
Some life, yet unspent, might explode
Out of the old lie burning on the ground,
And, crackling into the air, leave me half-blind.
Neither by night's ancient fear,
The parting of hat from hair,
Pursed lips at the receiver,
Shall I fall to death's feather.
By these I would not care to die,
Half convention and half lie.

ぼくはずっと逃げ出したかった

ぼくはずっと逃げ出したかった、
使い古された嘘の果てのくすぶりや、
一日が丘から深い海へと
移るにつれて恐ろしさを増す絶え間ない
昔ながらの恐怖の叫びから——
ぼくはずっと逃げ出したかった
挨拶のくり返しから——
空には亡霊がただよい
紙上には亡霊がこだまし、
電話や手紙も雷の騒々しさ。

ぼくはずっと逃げ出したかった、が不安なんだ。
まだ生きつくしていない人生が
地上で燃えている古い嘘によって爆発し、
空中に音を立てて飛びぼくを目くらますかもしれぬ。
また昔からの夜の恐怖とか
帽子をちょっと持ち上げる挨拶とか
電話口で口をすぼめる巧みな言葉とかで
羽毛のように軽薄な死にざまをさらしちゃならぬ。
そんなことでぼくは死にたくない、
因襲なかば嘘なかばで。

ディラン・トマス（1914 〜 53）は、W.H. オーデンが率いた社会派詩人たちの熱気がちょっと収まり、若い詩人たちがそれぞれの方向を探り始めた 1930 年代のなかば過ぎ、ネオ・ロマン派とでもいうのでしょうか、個人的な香気を強烈にまき散らしながら詩界を賑わした詩人です。イエイツのアイルランドと同様ケルト色の強いウェールズ（イングランド南西部）の出身ですが、父はスワンジー Swansea のグラマースクールの英語の先生で、ディランはウェールズ語を知らないで育ったそうです。まだ学校にいるうちから詩を書き始め、20 歳の時、ロンドンに出ました。その年に *Eighteen Poems*（『18 篇の詩集』1934）を出版、読者に衝撃を与えたと言います。"I have longed to move away" はそのうちの 1 篇で、故郷を出るについての複雑な感情—— 彼の若き「詩心」の動き—— を生き生きとあらわしています。

ディラン・トマスは自分が詩を書き始めた動機について、「言葉に恋した」からだと言っています。なるほど、この詩も言葉を氾濫させています。ただ、いかにも若い。まだ少年の詩らしく、言葉を氾濫させながらも言葉足らずで、内容がつかみにくいです。次から次へとメタファーが出て来ますが、イエイツのような考えぬかれたメタファーではなく、言葉遣いの面白さに駆られて作り出されたメタファーのような感じがします。地方都市の狭苦しさ、型にはまった生活から逃げ出したい思いをうたうのですが、the hissing of the spent lie（言い古された嘘の果ての hissing—— 口をおさえてシーッと言う仕草）とか、the old terrors' continual cry（一日が丘から海へと広がるのに呼応して激しさを増すように思える）昔から絶えることなく聞こえるように思える恐怖の叫びとかと、言葉が積み重ねられていくのです。

第 1 連 1 行目が I have longed to move away と、現在完了形であることに注意。自分はこういう町から逃げ出したいと思い続けてきた―― そして現在もそうなのです。第2連に移って、しかし逃げ出すのが怖い、と彼はうたい出す。第1連で自分は逃げ出したい life をうたったが、簡単にふん切りのつかぬ life もあって、昔ながらの生き残りの嘘が爆発して自分を目くらましてしまうかもしれぬ、云々。(第1連で spent lie と言っていたのが、ここでは unspent life, the old lie と言っている。入念につなぎ合わされた言葉遣いに注意して下さい。)最後の行の Half convention and half lie は、自分を現実に圧倒して、簡単には逃げ出させてくれない、この町の life の現実的な力をうたいます。

ディラン・トマスがこのスワンジー時代を扱った自伝的短編小説集に *Portrait of the Artist as a Young Dog*(『若き犬の如き芸術家の肖像』1940)という本があります。もちろんジェイムズ・ジョイスの *A Portrait of the Artist as a Young Man*(『若き日の芸術家の肖像』1914 − 15)をもじった題ですが、トマスは自分の少青年時代を「犬の如き」と茶化してみせたわけです。なるほど、ジョイスの作品は青年芸術家の精神の動きを如実に(時には厳粛に)描いてみせているのに対して、トマスの描く主人公は、芸術家ぶるところはあるけれども、鼻先をぴくつかせてあたりの匂いを探るだけの「犬の如き」存在です。この詩も町から出ようと思ってもできぬ、情けない自分をうたっています。さっそうと旧弊を捨て新しい自由、あるいは新しい自己探求の冒険に乗り出す、かつてのロマン派とは違う、ロマンの残党といったところでしょうか。しかしこの情けなさこそが、現代の若き「詩心」の生きた姿だと言えそうにも思います。ディラン・トマスは1950年にアメリカに渡り、詩の朗読や講演をして収入を得ましたが、1953年、4度目の渡米で、酒を飲みすぎて倒れ、客死しました。イエイツと比べると情けないようにも見えますが、その「詩心」は繊細でしかもダイナミックで、イエイツの場合には感じなかった共感を私は覚えます。

14

死

この英詩読本（と私は勝手に呼んでいます）は、赤ん坊が生まれた時に最初に発する言葉の詩から始まりました。それで、最後は、人間が死んだ時の言葉でもって締めくくりたいと思います。人間の死をうたった詩は、英語世界にも、もちろん日本にも、非常に多くあります。たとえば『万葉集』。その巻二は恋を中心とする「相聞」と死者をいたむ「挽歌」とで占められ、巻三も「挽歌」が大きな部分を占め巻四の「相聞」と拮抗するといった具合です。イギリスでも elegy（挽歌、悼歌）は詩の重要なジャンルをなしています。たとえば Thomas Gray の “Elegy Written in a Country Church-Yard” (1751) は、日本近代詩の嚆矢《こうし》とされる『新体詩抄』(1882) に収められた矢田部良吉訳「グレー氏墳上感懐の詩」によっても、両国の詩史に名を残す名品となっています。また in memoriam 云々という追悼詩文にも、Alfred Tennyson による不朽の詩など、素晴らしい作品は多くあります。

だが「死」をうたう詩となると、歴史的にアメリカは独自の地位を占めるような気がします。「死」はアメリカ人にとって非常に身近なものだったんですね。植民地時代には、死がいつも身近に迫っているという意識が人々の間にあった。と同時に、ピューリタンの信仰は（アン・ブラッドストリートのところでも見たように）現世を限られたものと見、死後の生をこそ重要視していましたから、どういう風に死ぬかということは、まさに死活の重大事でした。それやこれやで死をめぐってたくさんの詩が作られたのです。

そこでまず、アメリカのピューリタン時代を代表する詩を読んでみることにします。生きている人が死んだ人を弔う elegy と違って、作者自身が死んで天国に行きつつある有様をうたっているように思われます。

Edward Taylor Track32

The Joy of Church Fellowship rightly attended

In Heaven soaring up, I dropped an Eare
   On Earth: and oh! sweet Melody!
And listening, found it was the Saints who were
   Encoacht for Heaven that sang for Joy.
   For in Christs Coach they sweetly sing,
   As they to Glory ride therein.

Oh! joyous hearts! Enfir'de with holy Flame!
   Is speech thus tasseled with praise?
Will not your inward fire of Joy contain,
   That it in open flames doth blaze?
   For in Christ[s] Coach Saints sweetly sing,
   As they to Glory ride therein.

And if a string do slip by Chance, they soon
   Do screw it up again: whereby
They set it in a more melodious Tune
   And a Diviner Harmony.
   For in Christs Coach they sweetly sing,
   As they to Glory ride therein.

まじめに努めた
教会仲間の歓喜

天をのぼりながら、わたしは耳を傾けた
　地のかたに。するとああ、楽しいメロディー！
聞きながらわたしは知った、歓喜の歌をうたうのは
　天国行きの馬車に乗る聖徒たち。
　キリストの馬車では、みんな楽しくうたうのだ、
　栄光に向けて進みながら。

ああ！　歓喜する心！　聖なる焔に火ともされて！
　言葉は讃美でこんなにも栄《は》えるものなのか？
内なる歓喜の火は慎みを知らないものなのか、
　こんなにもめらめら焔となって燃えるとは？
　キリストの馬車では、聖徒たちはたのしくうたうのだ、
　栄光に向けて進みながら。

もしもたまたま弦がゆるめば、
　彼らはすぐに締め直す、
そうしてさらに美しい旋律
　さらに聖なる調べを生み出す。
　キリストの馬車では、みんな楽しくうたうのだ、
　栄光に向けて進みながら。

In all their Acts, publick and private, nay,
  And secret too, they praise impart.
But in their Acts Divine, and Worship, they
  With Hymns do offer up their Heart.
  Thus in Christs Coach they sweetly sing,
  As they to Glory ride therein.

Some few not in; and some whose Time and Place
  Block up this Coaches way, do goe
As Travelers afoot: and so do trace
  The Road that gives them right thereto;
  While in this Coach these sweetly sing,
  As they to Glory ride therein.

公的、私的、いやさらに、秘密の行為、
　あらゆる行為で彼らはあらわす、讃美の思いを。
だが聖なる行為、教会の礼拝で、
　讃美歌とともに彼らは心を神に捧げる。
　こうしてキリストの馬車では、みんな楽しくうたうのだ、
　栄光に向けて進みながら。

乗っていない者、時間と場所とにはばまれて
　この馬車の道に出会えぬ者は、
足どり重く旅路を歩む。とぼとぼと
　かしこにいたる道をたどる。
　だがこの馬車では、みんな楽しくうたうのだ、
　栄光に向けて進みながら。

エドワード・テイラー（1644頃～1729）も、ブラッドストリートと同様、イギリスで生まれた人です。1668年、たぶん信仰上の理由でアメリカに渡り、ハーヴァードを卒業、牧師（もちろんピューリタンの）になりました。マサチューセッツ植民地の辺境の小さな村の牧師です。そこで60年近く、静かな生涯を送るんですね。ただひそかに詩を書いていたが、生前には一篇も発表していません。死後2世紀以上たってその原稿が見つかり、1939年に出版され、一躍、ピューリタン時代の最も優れた詩人として評価され、アメリカ文学史を書き変える騒ぎとなります。エミリ・ディキンソンの場合と似ています。ただどうして発表しなかったのか、ということになると、ディキンソンの場合と違い、彼の場合は信仰上の理由があったようです。彼は神を愛するあまりに、神人合一というか、信仰によって神と一体になる法悦状態をうたうまでになっていた。それは、神が絶対的な尊厳を持つものであり、人間は原罪を背負ってその前に平伏する存在だとするピューリタニズムの教義に背くことになります。それで公表をはばかったんじゃないかと言われるのです。この詩も、神人合一とまではいきませんが、死を扱いながら、信仰の喜びを一杯に表現しています。

ピューリタンが死後、天国で永遠の生を得ることを地上の生の目的としていることは、すでにブラッドストリートのところで申しました。だから死後の運命として、ジョン・バニヤンの有名な『天路歴程』が語るような、刻苦《こっく》して天国へいたる旅を思い描くのが普通だったのですが、テイラーはそれを、馬車に乗って歌をうたいながら行く歓喜の旅としてうたったのです。全6連、各連の行に長短はありますが、iambusで歩みよく、大雑把にababと韻を踏んだ後、最後の2行は「キリストの馬車」ではみんな楽しくsingする、といった文句をrefrainし、たいそう素朴ですが「栄光に向けて」進む馬車旅行の調子をよく出しています。

題の Rightly Attended（直訳すれば「正しく注意を払われた」）は、Church Fellowship（教会員であること）を修飾するととれば拙訳の題のようになると思いますが、Joy（歓喜）を修飾するとも取れます。そうすると、「教会員であることが正当に酬《むく》われて得た歓喜」といったような意味になります。第 1 連 1 行目 Eare は ear. 3 行目 Saints は神に選ばれた人、聖徒。ピューリタンは自分たちをそう信じていたのです。ここでちょっと分かり難いのは、この詩における作者（詩人）の位置関係です。私は先にテイラーは「馬車に乗って歌をうたいながら（天国へ）行く歓喜の旅」を詩にうたっていると言いましたが、彼はひとり soaring up（天をのぼりながら）楽しいメロディーを聞いて dropped an Eare on Earth（地上に耳を傾け）、それが天国行きの馬車に乗った聖徒たちの歌だと知る。彼自身は馬車に乗っていないのです。ただ彼は自分も乗っている気分になって、その有様を詩に歌っているようなのです。第 2 連 3 行目 contain ここは自動詞で「自制する」。4 行目 That ...「〜とは」（判断の基準を示す接続詞）。第 3 連 1 行目 slip「ゆるむ」。3 行目 set「調整する」。第 4 連 2 行目 they impart praise の構文です。第 5 連 1 行目 Some few not in は Some few persons who are not in the coach で、具体的には『天路歴程』の Christian のような人です。次の some も同様。4 行目 that gives them right thereto は「彼らをまさしくそこへ（栄光へ）導く道」の意味。

『天路歴程』の Christian は afoot で、艱難辛苦《かんなんしんく》して天国まで行くわけですから、この大ベストセラーの主人公を外にして馬車で天国へ行ってしまう歓喜をうたうようなテイラーの詩は、やはり生前出版を控えたのは当然だったかもしれません。

Emily Dickinson Track33

“Because I could not stop for Death—”

Because I could not stop for Death—
He kindly stopped for me—
The Carriage held but just Ourselves—
And Immortality.

We slowly drove—He knew no haste
And I had put away
My labor and my leisure too,
For His Civility—

We passed the School, where Children strove
At Recess—in the Ring—
We passed the Fields of Gazing Grain—
We passed the Setting Sun—

Or rather—He passed Us—
The Dews drew quivering and chill—
For only Gossamer, my Gown—
My Tippet—only Tulle—

わたしは「死」のために止まれなかったので――

わたしは「死」のために止まれなかったので――
「死」がやさしくわたしのために止まってくれた――
馬車に乗っているのはただわたしたち――
それと「不滅の生」だけだった。

わたしたちはゆっくり進んだ――彼は急ぐことを知らないし
わたしはもう放棄していた
この世の仕事も余暇もまた、
彼の親切にこたえるために――

わたしたちは学校を過ぎた、子供たちが
休み時間で遊んでいた――輪になって――
目を見張っている穀物の畠をすぎた――
沈んでゆく太陽をすぎた――

いやむしろ――太陽がわたしたちを過ぎた――
露が降りて震えと冷えを引き寄せた――
わたしのガウンは、蜘蛛の糸織り――
わたしのショールは――薄絹にすぎぬので――

We paused before a House that seemed
A Swelling of the Ground—
The Roof was scarcely visible—
The Cornice— in the Ground—

Since then— 'tis Centuries — and yet
Feels shorter than the Day
I first surmised the Horses' Heads
Were toward Eternity—

わたしたちは止まった

地面が盛り上がったような家の前に——

屋根はほとんど見えない——

蛇腹《じゃばら》は——土の中——

それから——何世紀もたつ——でもしかし

あの日よりも短く感じる

馬は「永遠」に向かっているのだと

最初にわたしが思ったあの一日よりも——

最後にエミリ・ディキンソンの、衆目が認める代表作の一篇を検討してみたいと思います。エドワード・テイラーの詩を読んでいて、私の気になっていたのは、詩の中における作者の位置でした。繰り返しになりますが、作者は天国行きの馬車に乗る「聖者」たちの歓喜の歌を聞いていました。しかし、彼自身は馬車に乗ってはおらず、ひとり空中を浮遊していたように思えるのです。エミリ・ディキンソンが「死」をうたった詩は、その点ではっきり違います。彼女は天を浮遊なんぞしない。自分が「死」とともに馬車に乗って、「死」への旅をしているのです。

エミリ・ディキンソンが自分はNobodyだなんぞと言って、情けない存在のように振る舞いながら、実は強い「自己」の持ち主だったことはすでに見てきました。彼女はピューリタン信仰の牙城と化していたアマストの名門の家に育ちながら、学校でのなかば強制的な信仰告白を拒否し、その延長線上で正式の教会員ともなりませんでした。テイラーが天国行きの教会仲間に関して用いた“rightly attended”という形容は、彼女には当てはまりそうにありません。ピューリタン信仰も、テイラーの時代から2世紀近くたってずいぶん世俗化し、天国行きの空想がかつてのような「歓喜」を伴うものではなくなっていたとも考えられます。が、この女性はもっと別の「死」の旅をこそ、まったく別種の情熱をもって空想していた。天国じゃなく地上、いや「土の中」へ向かう旅です。それを彼女は空想、いやむしろ観察して、「詩」に仕上げたんです。

全6連、各連は賛美歌に使われて誰にも親しまれていた、いわゆるcommon meter、つまり強弱4歩格と3歩格が交代する4行を基本としますが、韻はほとんど無視し、ダッシュを非常に多く用いて内容的な余韻を出そうとする、ほとんど自由詩の感じを出しています。「死」の旅ですが、厳粛な口調ではまったくない。もちろん「歓喜」の口調でもないのですが。

第1連。テイラーの詩でも私は作者の位置関係を問題にしましたが、この詩でもそれが分かりにくい。「わたし」と「死」とはどういう位置関係にあるのでしょう。私は作者の育ちから推して、当時の上流階級の娘のデートの有様を想像します。「わたし」は「死」からのデートの申し込みを断りたい。残念ながらお受け「できないんです」といった口調ですね。が、相手が強引に誘いに来た。それをしもkindlyと表現するんですね。デートは二人だけでするものなんでしょうが、この社会では女性にエスコートがつくことが多かった。で、「不滅の生」がついてくるのです。まあ、こんな想像が正しいかどうかは別として、「死」の主導で馬車のドライヴをすることになったのは確かですね。

第2連、デートであろうとなかろうと、大事なのは作者がこのドライヴをまるでピクニックのように描いていることです。社交的なドライヴですから、馬車はゆったりと進みます。

第3連。子供たちの遊ぶ学校を過ぎ、穀物の実る畠を過ぎ、日の沈み行く夕方になります。理屈づけをすると、若年期（子供）、円熟期（穀物）、老年期（入り日）と、人間の「生」の三つの時期を経て行くようにも思えます。

第4連。デート相手の「死」が目指していた先のお墓に着きます。ここまで来て、彼女はハッと気がつくんですね。身につけているのはGossamer（蜘蛛の糸から成るような薄地の織物）のガウンとTulle（薄絹）のショールだけ。寒さが身に迫ります。批評家によっては、ここで上品そうだった「死」が正体をあらわし彼女をレイプするんだそうです。そんな三文小説的想像は別として、ここで彼女の社交ドライヴは終わり、冷え冷えとした死の現実に直面することになったのは事実でしょう。

第5連はお墓の描写です。それは「地面が盛り上がった」ように見える西欧型の墓で、普通、地下が部屋になったり、棺を並べたりしています。実際のディキンソン家の墓は住居から遠くない街中にあり、立派ではあるが基本的に簡素なピューリタン風の墓石の立つ墓です。ですから、この墓は明らかに作者の空想の産物です。

第6連。ディキンソンの詩はたいてい結末が素晴らしく、読んでいてぞくぞくさせられます。ここでは、一挙に何世紀もたつのですが、あの馬車の旅に出発して以来、まだ一日もたたないような気がする、と言います。もう時間の外に出てしまっているわけで、「永遠」の中にいるのです。もちろんこの到達点はピューリタンたちが普通求める「天国」ではない。しかしそれがどこかは問題でないようです。ただこれがたぶん詩人の見た「死」の現実なんでしょう。それを作者は平然とそのままに表現して、何のたゆたいも見せません。心がぞくぞくするほどの見事さです。

この詩の前半、第3連までで、詩の内容を「わたし」と「死」とのデートのドライヴと見たのは、私の冗談交じりのお遊び的観察が過ぎたものかもしれません。が、その当否は別としても、この二人の馬車行が実に軽やかに（「死」を civility 丁重な態度があって親切な紳士風に描いたりして）いささかユーモアもまじえて表現されています。目指した先のお墓に着いてからの描き方も含めて、まるでサイレント・フィルムの動きを見るように、ゆったりとして、あざやかです。そして最終連の、一挙に何世紀も越えて身に迫る死の現実の観察をうたっても、まるで淡々としたうたい方です。そこに見られる「わたし」の精神の強靱さ。作者はもう「死」を乗り越えてしまっている感じです。「詩」の力とは、こういうものなんでしょうね。

【付録】

英詩の韻律一覧

英詩のリズムはいわゆるアクセント（音の強・弱）の組み合わせを基《もと》としています。（これに対して日本の詩歌は、音の長短、あるいは音数の組み合わせを基としています。五七調、七五調など）。その一番の基本的なものは、「弱・強」のリズムのようです。My̌ móthěr gróan'd, my̌ fáthěr wépt (William Blake, "Infant Sorrow"：ˇは弱音、ˊは強音をあらわす）といった単純な文章でも、弱・強という「詩脚」（foot）が四つ連なって出来ています。

「詩脚」は弱・強のほかにさまざまな組み合わせのものがあり、それぞれに名前がついています。そのうちに英詩の基調をなす4種類だけ挙げておきましょう。

iamb（または iambus）（形容詞形 iambic）
　弱強格
anapest（または anapaest）（形容詞形 anapestic）
　弱弱強格
trochee（形容詞形 trochaic）
　強弱格
dactyl（形容詞形 dactylic）
　強弱弱格

次に、詩脚の組み合わせを「歩格」(meter) と言います。一つの行をなす詩脚の数によって、これにも名前がついています。

monometer	1 歩格
dimeter	2 歩格
trimester	3 歩格
tetrameter	4 歩格
pentameter	5 歩格
hexameter	6 歩格
heptameter	7 歩格
octameter	8 歩格

「詩脚」とこの「歩格」名が組み合わさって、詩行のリズムの特質をあらわす呼称が生まれます。先の My mother groan'd, my father wept の行は「弱強 4 歩格」iambic tetrameter で成っている、ということになります。iambic tetrameter は、英詩で非常に多く現れ、ほとんど基本的なリズムだと言えそうです。I wandered lonely as a cloud. (William Wordsworth, "I wondered lonely as a cloud") もその例です。

こういう「歩格」がいろいろ組み合わさって詩行は形成されるのですが、これに「韻」(rhyme) がからまります。詩行の一定の個所に同一または類似の音の語をおいて、その音の呼応を楽しめるようにする仕組みですが、これにもさまざまなものがあります。行の最後で形成される (「踏む」とか「押す」とか言うことが多い) 韻を「脚韻」(end rhyme、または単に rhyme) と言います。I'm

Nobody! Who are *you*? / Are you—— Nobody—— *Too*? (Emily Dickinson, “I’m Nobody! Who are you?”). 一つの行の真ん中と最後で押韻するのが「中間韻」(internal rhyme). For the moon never *beams*, without bringing me *dreams* (E. A. Poe, “Annabel Lee”). 語の頭で同じ（または類似の）音の反復をするのが「頭韻」(alliteration) です。*St*and *st*able here/And *si*lent be (W. H. Auden, “Look, Stranger”). 必ずしも語の頭ではないが、同じように母音の反復するのを「母音韻」(assonance)、子音の反復するのを「子音韻」(consonance) と言います。The leaping *light* for your *delight* discovers, ... (W. H. Auden, “Look Stranger”) この行にはいろんな韻がからまっていますが、こういう類似音の反復も assonance と言います。

押韻の形式（とくに脚韻の踏み方）にもいろいろあって、ソネットのような形式を重んじる短詩（14 行詩）では、その理解が作品のよりよい理解につながることも多いです。しかしここでは、もう規則的なことの紹介は省略します。具体的に作品を読むに当たり、その詩のリズムにこちらの心が呼応したら、そのリズムの成り立ちを探る姿勢で対応することの方が、はるかに重要だと思うのです。私たちは prosody（韻律学）を勉強したくて詩を読むのではありません。詩を読んで楽しむために、必要に応じて prosody を繙《ひもと》けばよいと私は思います。

あとがき

英米の文学において、詩の占める地位の大きさは誰もが知っています。しかし、英詩を読むことはしんどく、苦労して読んでも分かったような気がしない――といった嘆きはよく聞きます。私は英詩を楽しむ努力をしたい。じっさい、英詩は――本当にすぐれた英詩は――読んで楽しめるものだと私は思っています。もちろん外国語で書かれているわけですから、使いなれぬ言葉と取り組まなければなりませんが、そこだけちょっと頑張れば、馴れ親しんだ日本語の詩歌とはまた別種の詩的世界が現れてきて、新鮮な楽しみを得るのです。

詩というと、難しい理屈をこねて難しいものにしてしまう傾きがありますが、それは大間違い。詩の言葉は、本来、人間の魂から直接的に出てくるものですから、原始的で、分かりやすいはずです。もちろん詩人は言葉で勝負する人たちですから、いろいろひねった言葉遣いもします。しかし読む人が難しくしてしまってはいけない。私は言葉をなるべく素直に受け止めて、こちらの心を、あるいは生を呼応させたい。そうすると、詩は――くり返しますが、いい詩なら――楽しいものになってくるのです。英米の詩は、外国語で書かれているが故に、かえって独得の楽しさを与えてくれるように思います。

私は機会があれば学生と英詩を読み、その楽しみを味わってもらうように努めてきました。しかし年間を通して純粋に詩を読む授業をしたことは滅多になかったように思います。(もちろん、ホイットマン研究とかディキンソン研究とかいうような、特定の詩人研究に1年、2年を当てるというような授業をしたことはあります）。で、いよいよ教員生活をやめる決意をした時、純粋に英詩に集中した授業を１年間やってみることにしたのです。最後に実験、というわけです。

本書は私の岐阜女子大学教授として最終学年、2019年度の大学院文化創造学研究科における「英語圏文学演習I」という授業で、１年間講義したことを基にしています。大学院と言っても英米文学専攻ではなく、むしろ高度な文化的教養を求める人たちが中心の授業で、そのことが私には非常に幸いしました。ヘンな「専門」志向に毒されず、ゆったりと詩を「楽しむ」雰囲気が生まれやすかったのです。もともと大学院生の数は限られており、正規の聴講生はほんの少数でしたが、それに何倍かするいわゆる「もぐり」の聴講生がいて、その「楽しむ」雰囲気をたかめてくれたことも特筆しておきたいと思います。

本書は終始、ご覧のような「です」「ます」調のしゃべり言葉で通しています。私は『アメリカ文学史講義』全３巻（南雲堂、1997~2000年）という本も、しゃべり言葉で通しました。その第１～２巻は東京大学を定年で退職する直前の１年間の講義を、第３巻は岐阜女子大学大学院での講義を、それぞれ聴講生が録音テープに収めてくれ、それをまた有志の人が文字に起こしてくれたものです。文字化した文章にはもちろん手を加えましたが、「しゃべったまま」を再現することに努め、当然のごとく「です」「ます」調です。

今回は、なにしろ英詩を読む「演習」の授業ですから、文法や語法の説明をしたり、表現の特色を語ったりしながら、解釈や批評をしていくため、テープに録音しても、それを文字化することが難しいことは初めから分かっていました。授業は、その年に読む予定の英詩（つまり本書で検討した英詩です）をすべて、テーマ別に14章に分けて印刷したハンドアウトをあらかじめ用意して配布、聴講生には毎回1章分ずつ予習して出席するように求めました。聴講生は「もぐり」を含めて期待通りの準備をしてきていたと思います。私は授業の後なるべく早く、自分がしゃべったことを最大限そのまま文字化することに努めました。いわば私自身がテープとなって記録しようとしたわけです。

文学史の授業は、かなり丁寧に作ったメモをもとにして講じたので、おのずから一応の筋道ができていたように思います。しかし詩を読む授業は、話があちこち飛び移ってしまいがちだし、感想・評価ということになると勝手な表現がひょいひょいと出てきます。それをある程度は整理しながら筋道立てたことはもちろんですが、同時に、授業中の語り方を懸命に思い出し、その時の口調を再現しようと努めました。総じて言えば、文学史よりもこんどの詩の本の方が、自由な語りを紙面に残しているように思います。読者からのご批判もいろいろあるでしょうが、私自身はこの語り口調に愛着を覚えています。

語り口調を大事にする一方で、私は取り上げた英詩に（ロバート・ブラウニングの “Pippa's Song” だけは上田敏の名訳「春の朝」を借用しましたが）すべて私自身の訳詩を付けました。と言っても、名訳を志したわけではありません。原詩の理解を助けることを目指しただけのもので、当然、できるだけ原文に忠実な逐語訳です。とくに原詩の行の進み方に訳詩の行も呼応するように努めました。訳詩だけ読むと意味が通じ難いかもしれませんが、原詩と合わせて読んで「楽しんで」下さい。

本書でさらにしたかったことはいろいろあります。あの詩も取り上げたかった、この詩も検討したかった、というようなことを挙げていくと切りがありません。しかし読者がこの不十分な内容を刺戟として、英詩に興味を覚え、ご自身の手でさらに面白そうな詩と詩人を見つけ、読みを広げていって下されば、嬉しい限りです。さらに言えば、私が本書で述べた詩と詩人についての解釈や評価と違う解釈や評価を表明していただければ、心から大歓迎です。いろんな解釈や評価をぶつけ合っていくことは、それこそ詩を読む楽しみ、文学を勉強することの醍醐味の極みだと私は思います。

本書は、南雲堂編集部の加藤敦氏が、こんな英詩入門書もありますよと言って、ある「現代」的な本を見せて下さったことから始まりました。私は「現代」派というよりも「原初」派です。それで詩の面白味を原初から探り直してみたいという思いに駆られ、それが教員生活の最後に１年間英詩を楽しむ授業をしてみたいという思いと重なり、この本の執筆になったのでした。加藤氏は私の心を上手におだて、老耄の身を忘れて熱中させ、完成するまで辛抱強く引っ張ってきて下さいました。心からお礼申し上げます。

亀井俊介（かめい しゅんすけ）

東京大学名誉教授、文学博士。
著書に『近代文学におけるホイットマンの運命』（1970年、日本学士院賞受賞）、『サーカスが来た! アメリカ大衆文化覚書』（1976年、日本エッセイストクラブ賞、日米友好基金図書賞受賞）『アメリカン・ヒーローの系譜』（1993年、大佛次郎賞受賞）、『アメリカ文学史講義』全3巻（1997–2000年）、『有島武郎　世間に対して真剣勝負をし続けて』（2013年、和辻哲郎文化賞受賞）、『日本近代詩の成立』（2016年、日本詩人クラブ詩界賞受賞）、『亀井俊介オーラル・ヒストリー　戦後日本における一文学研究者の軌跡』（2017年）ほか。

魂の声—英詩を楽しむ

2021年　6月10日　第1刷発行

著者　亀井俊介

発行者　南雲一範

装幀者　岡 孝治

発行所　株式会社 南雲堂

東京都新宿区山吹町361　郵便番号162-0801
電話番号　(03)3268-2384
ファクシミリ　(03)3260-5425
URL　https://www.nanun-do.co.jp
E-mail　nanundo@post.email.ne.jp

印刷所　恵友印刷株式会社

製本所　株式会社　新里製本所

ISBN 978-4-523-29331-6　C3098